U0909451

迟到的挽歌

插图本

吉狄马加 著

文学共司本书系·中国当代多民族经典作家文库

何平 主编

译林出版社

图书在版编目（CIP）数据

迟到的挽歌／吉狄马加著．—南京：译林出版社，2020.5

（文学共同体书系·中国当代多民族经典作家文库／何平主编）

ISBN 978-7-5447-8277-7

Ⅰ.①迟… Ⅱ.①吉… Ⅲ.①诗集－中国－当代 ②散文集－中国－当代 Ⅳ.①I217.2

中国版本图书馆 CIP 数据核字（2020）第 068891 号

迟到的挽歌　吉狄马加／著

主　　编　何　平
出版统筹　陆志宙
责任编辑　吴荀东
特约编辑　侯擎昊
装帧设计　韦　枫
校　　对　戴小娥　王　敏
责任印制　颜　亮

出版发行　译林出版社
地　　址　南京市湖南路 1 号 A 楼
邮　　箱　yilin@yilin.com
网　　址　www.yilin.com
市场热线　025-86633278
排　　版　南京展望文化发展有限公司
印　　刷　苏州市越洋印刷有限公司
开　　本　787 毫米 ×1092 毫米　1/32
印　　张　8.875
版　　次　2020 年 5 月第 1 版
印　　次　2020 年 5 月第 1 次印刷
书　　号　ISBN 978-7-5447-8277-7
定　　价　58.00 元

走向“文学共同体”的多民族中国当代文学

何　平

“文学共同体书系·中国当代多民族经典作家文库”（第一辑）收入当代蒙古族、藏族、维吾尔族、哈萨克族和彝族阿云嘎、莫·哈斯巴根、艾克拜尔·米吉提、阿拉提·阿斯木、扎西达娃、叶尔克西·胡尔曼别克、吉狄马加、次仁罗布、万玛才旦等小说家和诗人的经典作品，他们的写作差不多代表了这五个民族当下文学的最高成就。事实上，这些小说家和诗人不仅是各自民族当代文学发展进程中最为杰出、最具影响力的代表人物，即使放在整个中国当代文学史亦不可忽视。

通常情况下，蒙古族、藏族、维吾尔族、哈萨克族和彝族的族裔身份，使得这些小说家和诗人往往被归于“少数民族文学”的视野框架内。不过需要注意到，基于当下中国文学生态场域的特质和属性，这些作家更应该在中国当代“多民族文学”之“多”之丰富性的论述框架中进行考察。毋庸讳言，受全球化和民族融合等时代因素的影响，中国当代少数民族文化与汉文化、世界文化的同质化愈发明晰，而多民族的民族性之“多”难免逐渐丧失；但另一方面，中华民族各民族依旧在相当程度上内蕴着独特自足的民族性，包括相对应的民族文化传统。在此前提下，我们需要思考：在今天的中国当代文学语境，蒙古族、藏族、维吾尔族、朝鲜族、彝族等及其他民族文学是否已被充分认知与理解？怎样才能更为深入、准确地辨识文学的民族性？

不管文学史编撰者在编撰过程中如何强调写作的客观性，文学史必然葆有编撰者自身独特的情感态度和价值立场，这当然会关乎多民族文学的论述。诸多中国当代文学史著作时常暴露出这样的局限：相关作家只有以汉语进行写作，或是他们的母语作品被不断翻译成汉语文本，他们才具有进入中国当代文学史框架范畴的可能性。事实上，如蒙古族、藏族、维吾尔族、哈萨克族、朝鲜族、彝族等民族都有着各自的语言文字和久远的文化和文学传统，至今依然表现出语言和文学的双向建构。当然，要求所有中国当代文学史编撰者都能够掌握各民族语言是不切实际的。且像巴赫提亚、哈森、苏永成、哈达奇·刚、金莲兰、龙仁青等拥有丰富双语经验的译者、研究者原本可以加入到中国当代文学史的编撰工作，然而实际情况是他们鲜少被当代中国文学史编撰所吸纳。这也就随之带来了一个问题：使用蒙古语、藏语、维吾尔语、哈萨克语、朝鲜语等各自民族语言进行写作，同时又没有被译介为汉语的文学作品怎样才能进入中国当代文学史的论述当中？

需要指出，中国当代文学的版图中，进行双语写作的作家在数量上并不少，如蒙古族的阿云嘎、藏族的万玛才旦、维吾尔族的阿拉提·阿斯木都有双语写作的实践。双语作家通常存在着两类写作：一类写作的影响可能生发于民族内部，另一类写作由于“汉语”的中介作用从而得到了更为普遍的传播。由此而言，中国当代文学史指向多民族文学的阐发，实质上是对于相应民族作家汉语写作的论述。而文学史编撰与当代文学批评面临着相类似的处境。假如中国当代文学史的叙述难以覆盖到整个国家疆域中除汉语以外使用其他民族母语的少数民族作家及其作品，那么中国当代文学版图是不完整的。

二十世纪八十年代作为“假想的文学黄金时代”，是很多人在言及中国当代文学时的“热点”：为何需要重返八十年代？八十年代给中国当代文学提供了哪些富有启发性的意义要素？但即使是在八十年代这样一个“假想的文学黄金时代”，蒙古族、维吾尔族、哈萨克族、朝鲜族等民族的文学也并没有获得足够的认知与识别。也许这一时期得到关注与部分展开的只有藏族文学，如扎西达娃的小说在八十年代深刻影响到了中国文学对于现实的想象，从扎西达娃八十年代小说创作所展现出的能力，他具有进入世界一流作家行列的可能。而鄂温克族作家乌热尔图在八十年代也给国内文坛带来了一种全新的文学经验，这也影响到当时寻根文学思潮的生发。而作为对照，我们不禁要问：现在又有多少写作者能如八十年代的扎西达娃、乌热尔图去扭转当下文学对于现实的想象和文学的地理版图？而时常被人忽视而理应值得期待的是，国内越来越多的双语写作者从母语写作转向汉语写作，成为语言“他乡”的文学创作者。长期受限于单一汉语写作环境的汉语作家，往往易产生语言的惰性，而语言或者不同民族文化之间的“越境旅行”却有可能促成写作者的体验、审视和反思。

当我们把阿云嘎、莫·哈斯巴根、艾克拜尔·米吉提、阿拉提·阿斯木、扎西达娃、叶尔克西·胡尔曼别克、吉狄马加、次仁罗布、万玛才旦等放在一起，显然可以看到他们怎样以各自民族经验作为起点，怎样将他们的文学“细语”融于当下中国文学的“众声”。党的十九大报告中指出：“深化民族团结进步教育，铸牢中华民族共同体意识，加强各民族交往交流交融，促进各民族像石榴籽一样紧紧抱在一起，共同团结奋斗、共同繁荣发展。”中国作为统一的多民族国家，它的文化景观（这其中当然包含文学景观）的真正魅力，很大程度上植根于它的丰富性和多样性，植根于它和而不同、多样共生的厚重与博大。中国多民族文学是象征中华民族悠久历史的文化标志，是国家值得骄傲的文化宝藏，与此同时，中国多民族文学在继承与发展的进程中逐渐成为中国文学，乃至世界文学的重要组成部分，他们所具有的民族身份在文学层面展现出了对于相应民族传统的认同与归属。因此他们的写作能够更加深入具体地反映该民族的生存状态与生活景象，为当代多民族文学的写作提供了一种重要范式。作为具有独特精神创造、文化表达、审美呈现的多民族文学，为中国当代文学提供鲜活具体的材料和广阔的阐释空间。

改革开放以来，原本相对稳定的民族文化传统和结构正受到西方话语体系及相关意识形态的猛烈冲击。具体到各个民族，迅猛的现代化进程使得各民族的风土人情、生活模式、文化理念发生改变，社会流动性骤然变强，传统的民族特色及其赖以生存的根基正在悄然流失，原本牢固的民族乡情纽带出现松动。相对应的，则是多个民族的语言濒危、民族民俗仪式失传或畸变、民族精神价值扭曲等。而现代化在满足和改善个体物质需求的同时，亦存在一些负面因素，如拜金主义、个人主义、享乐主义等等。上述种种道德失范现象导致各民族中的部分优秀文化传统正面临巨大的挑战，这也是各民族共同存在的文化焦虑。“文学共同体书系”追求民族性价值的深度。这些多民族作家打破了外在形貌层面的民族特征，进一步勘探自我民族的精神意绪、性格心理、情感态度、思维结构。深层次的民族心理也体现了该民族成员在共同价值观引导下的特有属性。从这个意义而言，多民族文学希望可以探求具有深度的民族性价值，深入了解民族复杂的心理活动，把握揭示民族独特的心理定势。我们常能听到一句流传甚广的话："越是民族的，越是世界的。"但假如民族性被偏执狭隘的地方主义取代，那么，越是民族的，则将离世界越远，而走向"文学共同体"则是走向对话、丰富和辽阔的世界文学格局的多民族中国当代文学。

目录

辑一　诗歌

辑二　文学演讲和随笔

辑一

诗歌

裂开的星球

——献给全人类和所有的生命

是这个星球创造了我们
还是我们改变了这个星球？

哦，老虎！波浪起伏的铠甲
流淌着数字的光。唯一的意志。

就在此刻，它仍然在另一个维度的空间
以寂灭从容的步态踽踽独行。

那永不疲倦的行走，隐晦的火。
让旋转的能量成为齿轮，时间的
手柄，锤击着金黄皮毛的波浪。

老虎还在那里。从来没有离开我们。
在这星球的四个方位，脚趾踩踏着
即将消失的现在，眼球倒映创世的元素。
它并非只活在那部《查姆》[①]的典籍中，
它的双眼一直在注视着善恶缠身的人类。

不是我们每一个人都有明确的罪行，当天空变低，
　鹰的飞翔再没有足够的高度。

天空一旦没有了标高，精神和价值注定就会
　从高处滑落。旁边是受伤的鹰翅。

当智者的语言被金钱和物质的双手弄脏，
　我在二十年前就看见过一只鸟，
　在城市耸立的
黑色烟囱上坠地而亡，这是应该原谅那只鸟
　还是原谅我们呢？天空的沉默回答了一切。

任何预兆的传递据说都会用不同的方式，

　　我们部族的毕摩[2]就曾经告诉过我。

这场战争终于还是爆发了，以肉眼看不见的方式。

哦！古老的冤家。是谁闯入了你的家园，
　　用冒犯来比喻
似乎能减轻一点罪孽，但的确是人类惊醒了
　　你数万年的睡眠。

从一个城市到另一个城市，从一个国家
　　到另一个国家，
它跨过传统的边界，那里虽然有武装
　　到牙齿的士兵，
它跨过有主权的领空，因为谁也无法阻挡
　　自由的气流，
甚至那些最先进的探测器也没有发现它诡异的
　　行踪。

这是一场特殊的战争，是死亡的另一种隐喻。

它当然不需要护照，可以到任何一个想去的地方，
你看见那随季而飞的候鸟，崖壁上倒挂着的果蝠，
猩红色屁股追逐异性的猩猩，跨物种跳跃的虫族，
它们都会把生或死的骰子投向天堂和地狱的邮箱。

它到访过教堂、清真寺、道观、寺庙和世俗的学校，
还敲开了封闭的养老院以及戒备森严的监狱大门。
如果可能它将惊醒这个世界上所有的政府，死神的
　面具
将会把黑色的恐慌钉入空间。红色的矛将杀死
　黑色的盾。

当东方和西方再一次相遇在命运的出口
是走出绝境，还是自我毁灭？左手对右手的责怪，
　并不能
制造出一艘新的诺亚方舟，逃离这千年的困境。

孤独的星球还在旋转，但雪族十二子总会出现
　醒来的先知。

那是因为《勒俄》[3]告诉过我，所有的动物
和植物都是兄弟。

尽管荷马吟唱过的大海还在涌动着蓝色的液体，
海豹的眼睛里落满了宇宙的信息。
这或许不是最后的审判，但碗状的苍穹还是在
独角兽出现之前覆盖了人类的头顶。

这不是传统的战争，更不是一场核战争，
因为核战争没有赢家。
居里夫人为一个政权仗义执言，直到今天也无法
判断她的对错。
但她对核武器所下的结论，谢天谢地没有引来
任何诽谤和争议。

这是曾经出现过的战争的重现，只是更加地
危险可怕。
那是因为今天的地球村，人类手中握的
是一把双刃剑。

多么古老而又近在咫尺的战争，没有人能置身于外。
它侵袭过强大的王朝，改写过古代雅典帝国的历史。
在中世纪它轻松地消灭了欧洲三分之一还多的人口。
它还是殖民者的帮凶，杀死过千百万的印第安土著。

这是一次属于全人类的抗战。不分地域。
如果让我选择，我会选择保护每一个生命，
而不是用抽象的政治去诠释所谓自由的含义。
我想阿多诺[④]和诗人卡德纳尔[⑤]都会赞成，因为哪怕
最卑微的生命在任何时候也都要高于空洞的说教。

如果公众的安全是由每一个人去构筑，
那我会选择对集体的服从而不是对抗。
从武汉到罗马，从巴黎到伦敦，从马德里到纽约，
都能从每一家阳台上看见熟悉但并不相识的目光。

我尊重个人的权利，是基于尊重全部的人权，
如果个人的权利，可以无端地伤害大众的利益，
那我会毫不留情从人权的法典中拿走这些词，

但请相信，我会终其一生去捍卫真正的人权，
而个体的权利更是需要保护的最神圣的部分。

在此时，人类只有携手合作
才能跨过这道最黑暗的峡谷。

哦，本雅明的护照坏了，他呵着气在边境
　那头向我招手，
其实他不用通过托梦的方式告诉我，茨威格
　为什么选择了自杀。

对人类的绝望从根本上讲是他相信邪恶
　已经占了上风而不可更改。

哦！幼发拉底河、恒河、密西西比河和黄河，
还有那些我没有一一报出名字的河流，
你们见证过人类漫长的生活与历史，能不能
告诉我，当你们咽下厄运的时候，又是如何

从嘴里吐出了生存的智慧和光滑古朴的石头。

当我看见但丁的意大利在地狱的门口掩面哭泣，
塞万提斯的子孙们在经历着又一次身心的伤痛。
人道的援助不管来自哪里，唉，都是一种美德。

打倒法西斯主义和种族主义在这个世纪的进攻。
陶里亚蒂[6]、帕索里尼[7]和葛兰西[8]在墓地挥舞红旗。

就在伊朗人民遭受着双重灾难的时候，
那些施暴者，并没有真的想放过他们。
我怎么能在这样时候去阅读苏菲派神秘的诗歌，
我又怎么能不去为叙利亚战火中的孩子们悲戚。

那些在镜头前为选举而表演的人，
只有谎言才让他们真的相信自己。
不是不要相信那些宣言具有真理的逻辑，
而要看他们对弱势者犯下了多少罪行。

此时我看见落日的沙漠上有一只山羊，
不知道是犹太人还是阿拉伯人丢失的。

毕阿什拉则[9]的火塘，世界的中心！
让我再回到你记忆中遗失的故乡，以那些
最古老的植物的名义。

在遥远的墨西哥干燥缺水的高地
胡安·鲁尔福[10]还在那里为自己守灵，
这个沉默寡言的村长，为了不说话
竟然让鹦鹉变成了能言善辩的骗子。

我精神上真正的兄弟，世界的塞萨尔·巴列霍[11]，
你不是为一个人写诗，而是为一个种族在歌唱。
让一只公鸡在你语言的嗉子里吹响脊柱横笛，
让每一个时代的穷人都能在入睡前吃饱，而不是
在梦境中才能看见白色的牛奶和刚刚出炉的面包。
哦，同志！你羊驼一般质朴的温暖来自灵魂，
这里没有诀窍，你的词根是206块发白的骨头。

哦！文明与野蛮。发展或倒退。加法和减法。
——这是一个裂开的星球！

在这里货币和网络连接着所有的种族。巴西
　热带雨林中最原始的部落也有人
　在手机上玩杀人游戏。

贝都因人在城市里构建想象的沙漠，再看不见
　触手可摘的星星。
乘夜色吉卜赛人躺在欧洲黑暗的中心，他们是
　白天的隐身人。

在这里人类成了万物的主宰，对蚂蚁的王国
　也开始了占领。
几内亚狒狒在交配时朝屏息窥视的
　人类龇牙咧嘴。

在这里智能工程，能让未来返回过去，
　还能让现在成为将来。

冰雪的火焰能点燃冬季的星空已经不是
一个让人惊讶的事情。

在这里全世界的土著妇女不约而同地戴着
被改装过的帽子，穿行于互联网的
迷宫。但她们面对陌生人微笑的时候，都还保持着
用头巾半掩住嘴的习惯。

在这里一部分英国人为了脱欧开了一个玩笑，
而另一部分人为了这个
不是玩笑的玩笑却付出了代价。这就如同啤酒的
泡沫变成了微笑的眼泪。

在这里为了保护南极的冰川不被更快地融化，
海豚以集体自杀的方式表达了
抗议，拒绝了人类对冰川的访问。凡是人迹罕至的
地方，杀戮就还没有开始。

在这里当极地的雪线上移的时候，湖泊的水鸟

就会把水位上涨的消息
告诉思维油腻的官员。而此刻，鹰隼的眼泪就是
天空的蛋。

在这里粮食的重量迎风而生，饥饿得到了缓解，
马尔萨斯[12]在今天或许会
修正他的人口学说。不是道德家的人，并不影响
他作为一个思想者的存在。

在这里羚羊还会穿过日光流泻的荒原，风的
一丝震动就会让它竖起双耳，
死亡的距离有时候比想象要快。野牛无法听见
蚊蝇在皮毛上开展的讨论。

在这里纽约的路灯朝右转的时候，玻利维亚的
牧羊人却在瞬间
选择了向左的小道，因为右边是千仞绝壁
令人胆寒的万丈深渊。

在这里俄罗斯人的白酒消费量依然是世界第一，
　但叶赛宁诗歌中怀念
乡村的诗句，却会让另一个国度的人在酒后
　潸然泪下，哀声恸哭。

在这里阿桑奇创建了“维基解密”。他在厄瓜多尔
　使馆的阳台上向世界挥手，
阿富汗贫民的死亡才在偶然间大白于天下。

在这里加泰罗尼亚人喜欢傍晚吃西班牙火腿，
　但他们并没有忘记
在吃火腿前去搞所谓的“公投”。安东尼奥·马查多[13]
　如果还活着，他会投给谁呢？

在这里他们要求爱尔兰共和军和巴斯克人
　放下手中武器，
却在另外的地方发表支持分裂主义的
　决议和声明。

在这里大部分美国人都以为他们的财富被装进了
　中国人的兜里。
摩西从山上带回的清规戒律，在基因分裂链的
　寓言中系统崩溃。

在这里格瓦拉和甘地被分别请进了各自的殿堂。
“全球化”这个词在安特卫普埃尔岑瓦德酒店的
　双人床上被千人重复。

在这里国际货币基金组织和世界银行，他们的
　脚迹已经走到了基督不到的地方。
但那些背负着十字架行走在世界边缘的穷人，
　却始终坚信耶稣就是他们的邻居。

在这里社会主义关于劳工福利的部分思想
　被敌对阵营偷走。
财富穿越了所有的边界，可是苦难却降临
　在个体的头上。

在这里他们对外颠覆别人的国家,对内
　让移民充满恐惧。
这牢笼是如此的美妙,里佐斯[14]埋在监狱窗下的
　诗歌已经长成了树。

在这里电视让人目瞪口呆地直播了双子大楼
　被撞击坍塌的一幕。
诗歌在哥伦比亚成为政治对话的一种
　最为人道的方式。

在这里每天都有边缘的语言和生物被操控的
　力量悄然移除。
但从个人隐私而言,现在全球97.7‱的人
　都是被监视的裸体。

在这里马克思的思想还在变成具体的行动,但
　华尔街却更愿意与学术精英们合谋,
把这个犹太人仅仅说成是某一个学术领域的领袖。

在这里有人想继续打开门,有人却想把已经
　打开的门关上。
一旦脚下唯一的土地离开了我们,距离就
　失去了意义。

在这里开门的人并不完全知道应该放什么进来,
　又应该把什么挡在门外。
一部分人在虚拟的空间中被剥夺了延伸疆界
　和赋予同一性的能力。

在这里主张关门的人并不担心自己的家有一天
　会成为牢笼。
但精神上的背井离乡者注定是被自由永久
　放逐的对象。

在这里骨骼已经成为一个整体,切割一只手
　还可以承受,
但要拦腰斩断就很难存活。上海的耳朵听见
　佛罗里达的脚趾在呻吟。

在这里南太平洋圣卢西亚的酒吧仍然在吹奏着
　萨克斯，打开的每一瓶可乐都能
听见纽约股市所发出的惊喜或叹息。
网络的绑架和暴力是这个时代的第五纵队。
　哈贝马斯偶然看到了真相。

在这里有人纵火焚烧5G的信号塔，无疑是中世纪
　愚昧的返祖现象。
澳大利亚的知更鸟虽然最晚才叫，但它的叫声
　充满了投机者的可疑。

在这里再没有宗教法庭处死伽利略，但有人
　还在以原教旨的命令杀死异教徒。
不是所谓的民主政治都宽容弱者，杰弗逊
　就认为灭绝印第安人是文明的一大进步。

在这里穷人和富人的比例并没有根本的改变，
　但阶级的界限却被新自由主义抹杀。
当他们需要的时候，一个跨国的政府将会把

对穷人的剥夺塑造成慈善行为。

在这里不是所有的国家都能生产一颗扣子，那是
为了扣子能游到凡是有海水的地方。
所有争夺天下的变革者最初都是平等的，难怪
临死的托洛茨基相信“继续革命”的理论。

在这里推倒了柏林墙，但为了隔离又构筑了
更多的墙。墙更厚更高。
全景监狱让不透明的空间再次落入奥威尔
《1984》无法逃避的圈套。

在这里所谓有关自由和生活方式的争论
肯定不是种族的差异。
因疫情带来的隔离、封城和紧急状态并非
为了暧昧的大多数。

哦！裂开的星球，你是不是看见了那黄金一般的
老虎在转动你的身体，

看见了它们隐没于苍穹的黎明和黄昏，每一次
　呼吸都吹拂着时间之上那液态的光。
这是救赎自己的时候了，不能再有差错，因为失误
　将意味着最后的毁灭。

当灾难的讯号从地球的四面八方发出
那艘神话中的方舟并没有真的出现
没有海啸覆盖一座又一座城市的情景
没有听见那来自天宇的恐怖声音
没有目睹核原子升起的蘑菇云的梦魇
没有一部分国家向另一部分国家正式宣战
它虽然不是二十世纪两次世界大战的延续
但它造成的损失和巨大的灾难或许更大
这是一场古老漫长的战争，说它漫长
那是因为你的对手已经埋伏了千万年
在灾难的历史上你们曾经无数次地相遇
戈雅就用画笔记录过比死亡本身更让人
触目惊心的是由死亡所透漫出来的气息
可以肯定这又是人类越入了险恶的区域

把一场本可以避免的灾难带到了全世界
此刻一场近距离的搏杀正在悲壮地展开
不分国度、不分种族，无论是贫穷还是富有
死神刚与我们擦肩而过，死神或许正把
一个强健的男人打倒，可能就在这个瞬间
又摁倒了一个虚弱的妇女，被诅咒的死神
已经用看不见的暴力杀死了成千上万的人
这其中有白人，有黑人，有黄种人，有孩子也有老人
如果要发出一份战争宣战书，哦！正在战斗的人们
我们将签写上这个共同的名字——全人类！

哦！当我们以从未有过的速度
踏入别的生物繁衍生息的禁地
在巴西砍伐亚马孙河两岸的原始森林
让大火的浓烟染黑了地球绿色的肺叶
人类为了所谓生存的每一次进军
都给自己的明天埋下了致命的隐患
在非洲对野生动物的疯狂猎杀
已让濒临灭绝的种类不断增加

当狮群的领地被压缩在一个可怜的区域
作为食物链最顶端的动物已经危机四伏
黄昏时它在原野上一声声地怒吼
表达了对无端入侵者的悲愤和抗议
在地球第三极的可可西里无人区
雪豹自由守望的家园也越来越小
那些曾经从不伤害人类的肉食者
因为食物的短缺开始进入了村庄
在东南亚原住民被城市化赶到了更远的地方
有一天他们的鸡大量神秘地腹泻而死
一个叫卡坦[15]的孩子的死亡吹响了不祥的叶笛
从刚果到马来西亚森林对野生动物的猎杀
无论离得多远,都能听见敲碎颅脑的声响
正是这种狩猎和屠宰的所谓终极亲密行为
并非上苍的旨意把这些微生物连接了起来
其实每一次灾难都告诉我们
对任何物种的存在都应充满敬畏
对最弱小的生物的侵扰和破坏
也会付出难以想象的沉重代价。

人类！你的创世之神给我们带来过奇迹
盘古开天辟地从泥土里走出了动物和人
在恒河的岸边是法力无边的大梵天[16]
创造了比天空中繁星还要多的万物
在安第斯山上印第安创世主帕查卡马克[17]
带来了第一批人类和无数的飞禽走兽
在众神居住的圣殿英雄辈出的希腊
普罗米修斯赋予人和所见之物以生命
他还将自己鲜红的心脏作为牺牲的祭品
最终把火、智慧、知识和技艺带到了人间
还有神鹰的儿子我们彝人的支呷阿鲁[18]
他让祖先的影子恒久地浮现在群山之上
人类！从那以后你的文明史或许被中断过
但这种中断在时间长河里就是一个瞬间
从青铜时代穿越到蒸汽机在大地上的滚动
从镭的发现到核能为造福人类被广泛利用
从莱特兄弟为自己插上翅膀，再到航天
飞机把人的梦想一次次送到遥远的空间站
计算机和生物工程跨越了世纪的门槛

我们欢呼看见了并非想象的宇宙的黑洞
互联网让我们开始重新认识这个世界
时间与阶级、移动与自由、自我与僭越、速度与分化
恐旷症与单一性、民族国家与全球图景、剥夺与主权
整合与瓜分、面包与圆珠笔、流浪者与乌托邦
预测悖论与风险计算、消除差异与命运的人质
正是因为这一切，我们才望着落日赞叹
只有渴望那旅途的精彩与随之可能置身的危险
才会有足够的理由相信明天的日出更加灿烂
但是人类，你绝不是真正的超人，虽然你已经
足够强大，只要你无法改变你是这个星球的存在
你就会面临所有生物面临灾难的选择
这是创造之神规定的宿命，谁也无法轻易地更改
那只看不见的手，让生物构成了一个晶体的圆圈
任何贪婪的破坏者，都会陷入恐惧和灭顶之灾
所有的生命都可能携带置自己于死地的杀手
而人类并不是纯粹的金属，也有最脆弱的地方
我们是强大的，强大到成为这个世界的主宰
我们是虚弱的，肉眼无法看见的微生物

也许就会让我们败于一场输不起的隐形的战争
从生物种群的意义而言，人类永远只是其中的一种
我们没有权力无休止地剥夺这个地球，除了基本的
生存需要，任何对别的生命的残杀都可视为犯罪
善待自然吧，善待与我们不同的生命，请记住！
善待它们就是善待我们自己，要么万劫不复。

哦，人类！这是消毒水流动国界的时候
这是旁观邻居下一刻就该轮到自己的时候
这是融化的时间与渴望的箭矢赛跑的时候
这是嘲笑别人而又无法独善其身的时候
这是狂热的冰雕刻那熊熊大火的时候
这是地球与人都同时戴上口罩的时候
这是天空的鹰与荒野的赤狐搏斗的时候
这是所有的大街和广场都默默无语的时候
这是孩子只能在窗户前想象大海的时候
这是白衣天使与死神都临近深渊的时候
这是孤单的老人将绝望一口吞食的时候
这是一个待在家里比外面更安全的时候

这是流浪者喉咙里伸出手最饥饿的时候
这是人道主义主张高于意识形态的时候
这是城市的部落被迫返回乡土的时候
这是大地、海洋和天空致敬生命的时候
这是被切开的血管里飞出鸽子的时候
这是意大利的泪水模糊中国眼睛的时候
这是伦敦的呻吟让西班牙吉他呜咽的时候
这是纽约的护士与上帝一起哭泣的时候
这是谎言和真相一同出没于网络的时候
这是甘地的人民让远方的麋鹿不安的时候
这是人性的光辉和黑暗狭路相逢的时候
这是相信对方或质疑对手最艰难的时候
这是语言给人以希望又挑起仇恨的时候
这是一部分人迷茫另一半也忧虑的时候
这是蓝鲸的呼吸吹动着和平的时候
这是星星代表亲人送别亡人的时候
这是一千个祭司诅咒一个影子的时候
这是陌生人的面部开始清晰的时候
这是同床异梦者梦见彼此的时候

这是貌合神离者开始冷战的时候
这是旧的即将解体新的还没有到来的时候
这是神枝昭示着不祥还是化险为夷的时候
这是黑色的石头隐匿白色意义的时候
这是诸神的羊群在等待摩西渡过红海的时候
这是牛角号被勇士吹得撕心裂肺的时候
这是鹰爪杯又一次被预言的诗人握住的时候
这是巴比塔废墟上人与万物力争和谈的时候
就是在这样一个时候，就是在这样的时候
哦，人类！只有一次机会，抓住马蹄铁。

是这个星球创造了我们
还是我们改变了这个星球？

当裂开的星球在意志的额头旋转轮子
所有的生命都在亘古不变的太阳下奔跑
创世之神的面具闪烁在无限的苍穹
那无处不在的光从天宇的子宫里往返
黑暗的清气如同液态孕育的另一个空间

那是我们的星球，唯一的蓝色
悬浮于想象之外的处女的橄榄
那是我们的星球，一滴不落的水
不可被随意命名的形而上的宝石
是一团创造者幻化的生死不灭的火焰
我们不用通灵，就是直到今天也能
从大地、海洋、森林和河流中找到
它的眼睛、骨头、皮毛和血脉的基因
那是我们的星球，是它孕育了所有的生命
无论是战争、瘟疫、灾难还是权力的更替
都没有停止过对生命的孕育和恩赐
当我们抚摸它的身体，纵然美丽依旧
但它的身上却能看到令人悲痛的伤痕
这是我们的星球，无论你是谁，属于哪个种族
也不论今天你生活在它身体的哪个部位
我们都应该为了它的活力和美丽聚集在一起
拯救这个星球与拯救生命从来就无法分开
哦，女神普嫫列依[19]！请把你缝制头盖的针借给我
还有你手中那团白色的羊毛线，因为我要缝合

我们已经裂开的星球。

裂开的星球！让我们从肋骨下面给你星期一
让他们减少碳排放，用巴黎气候大会的绿叶
遮住那个投反对票的鼻孔，让他的脸变成斗篷
让我们给饥饿者粮食，而不是只给他们数字
如果可能的话，在他们醒来时盗走政客的名字
不能给撒谎者昨天的时间，因为后天听众最多
让我们弥合分歧，但不是把风马牛都整齐划一
当44隐于亮光之中，徒劳无功的板凳会哭闹
那是陆地上的水手，亚当·密茨凯维奇[20]的密钥
愿睡着的人丢失了一份工作，醒后有三份在等他
那些在街上的人已经知道，谁点燃了左边的房
右边的院子也不能幸免，绝望让路灯长出了驴唇
让昨天的动物猎手，成为今天的素食主义者
每一个童年的许诺，都能在母亲还在世时送到
让耶路撒冷的石头恢复未来的记忆，让同时
埋葬过犹太人和阿拉伯人先知的沙漠开花
愿终结就是开始，愿空荡的大海涌动孕期的色韵

让木碗找到干裂的嘴唇，让信仰选择自己的衣服
让听不懂的语言在联合国致辞，让听众欢呼成骆驼
让平等的手帕挂满这个世界的窗户，让
　稳定与逻辑反目
让一个人成为他们的自我，让自我的
　他们更喜欢一个人
让趋同让位于个性，让普遍成为平等，石缝
　填满的是诗
让岩石上的手摁住滑动的鱼，让庄家
　吐出多边形的规则
让红色覆盖蓝色，让蓝色的嘴巴在
　红色的脸上唱歌
让即将消亡的变成理性，让尚未出生的
　与今天和解
让所有的生命因为快乐都能跳到半空，下面是
　柔软的海绵。
这个星球是我们的星球，尽管它沉重犹如
　西西弗的石头
假如我们能避开引力站在苍穹之上，它更像

　儿童手里的气球
不是我们作为现象存在，就证明所有的人都
　学会了思考
这个时代给我们的疑问，过去的典籍没有，
　只能自己回答
给我们的时间已经不多，那是因为
　鼠目寸光者还在争吵
这不是一个糟糕的时代，因为此前的时代
　也并非就最好
因为我们无法想象过去最遥远的地方
　今天却成了故乡
这是货币的力量，这是市场的力量，这是
　另一种力量的力量
没有上和下，只有前和后，唯有现实本身能
　回答它的结果
这是巨大的转折，它比一个世纪要长，只能
　用千年来算
我们不可能再回到过去，因为过去的老屋
　已经面目全非

不能选择封闭，任何材料成为高墙，就
　只有隔离的含义
不能选择对抗，一旦偏见变成仇恨，就
　有可能你死我亡
不用去问那些古老的河流，它们的源头
　充满了史前的寂静
或许这就是最初的启示，合而不同的文明
　都是她的孩子
放弃3的分歧，尽可能在7中找到共识，不是
　以邻为壑
在方的内部，也许就存在着圆的可能，而不是
　先入为主
让诸位摒弃森林法则，这样应该更好，而不是
　自己为大
让大家争取日照的时间更长，而不是将黑暗
　奉送给对方
这一切！不是一个简单的方法，而是要让参与者
　知道这个星球的未来不仅属于你和我，
　还属于所有的生命

我不知道明天会发生什么，据说
　诗人有预言的禀性
但我不会去预言，因为浩瀚的大海没有
　给天空留下痕迹
曾被我千百次赞颂过的光，此刻也正迈着
　凯旋的步伐
我不知道明天会发生什么，但我知道
　这个世界将被改变
是的！无论会发生什么，我都会执着而坚定地
　相信——
太阳还会在明天升起，黎明的曙光依然如同
　爱人的眼睛
温暖的风还会吹过大地的腹部，母亲和孩子
　还在那里嬉戏
大海的蓝色还会随梦一起升起，在子夜成为
　星辰的爱巢
劳动和创造还是人类获得幸福的主要方式，
　多数人都会同意
人类还会活着，善和恶都将随行，人与自身的

斗争不会停止
时间的入口没有明显的提示,人类你要大胆
而又加倍地小心。

是这个星球创造了我们
还是我们改变了这个星球?

哦,老虎! 波浪起伏的铠甲
流淌着数字的光。唯一的意志。

2020年4月5日—16日

注释：

①《查姆》：彝族古典创世史诗之一。

② 毕摩：彝族原始宗教中的祭司、文字传承者。

③《勒俄》：彝族古典史诗，流传于大小凉山彝族聚居区。

④ 阿多诺：西奥多·阿多诺，德国哲学家、社会学家。

⑤ 卡德纳尔：埃内斯托·卡德纳尔，尼加拉瓜诗人、神甫、革命者。

⑥ 陶里亚蒂：帕尔米罗·陶里亚蒂，意大利共产党创始人之一、国际共产主义者。

⑦ 帕索里尼：皮埃尔·保罗·帕索里尼，意大利共产党员、电影导演、诗人。

⑧ 葛兰西：安东尼奥·葛兰西，意大利共产党创始人、马克思主义理论家。

⑨ 毕阿什拉则：彝族古代著名毕摩、智者、文字传承者。

⑩ 胡安·鲁尔福：墨西哥作家。其主要作品有《燃烧的原野》《佩德罗·巴拉莫》，被誉为魔幻现实主义的先驱。

⑪ 塞萨尔·巴列霍：秘鲁印第安裔诗人、马克思主义者。

⑫ 马尔萨斯：托马斯·罗伯特·马尔萨斯，英国教士、人口学家、经济学家。

⑬ 安东尼奥·马查多：西班牙现代著名诗人、“九八年一代”主将。

⑭ 里佐斯：扬尼斯·里佐斯，现代希腊共产党员、左翼活动家、诗人。

⑮ 卡坦：卡坦·布马鲁，生于泰国西部，2004年1月5日6岁时死于H5N1禽流感，是首批死于这种新型人类病毒的患者之一。

⑯ 大梵天：印度教的创造之神，梵文字母的创字者。

⑰ 帕查卡马克：南美古印加人创世之神，被称作“制作大地者”。

⑱ 支呷阿鲁：彝族神话史诗中的创世英雄。

⑲ 普嫫列依：彝族创世神话中的女神之一，是创世英雄支呷阿鲁贞洁受孕的母亲。

⑳ 亚当·密茨凯维奇：波兰诗人、革命家，波兰文学最重要的奠基人。

迟到的挽歌

——献给我的父亲吉狄·佐卓·伍合略且

当摇篮的幻影从天空坠落
一片鹰的羽毛覆盖了时间,此刻你的思想
渐渐地变白,以从未体验过的抽空浮游于
群山和河流之上。

你的身体已经朝左曲腿而睡
与你的祖先一样,古老的死亡吹响了返程
那是万物的牛角号,仍然是重复过的
成千上万次,只是这一次更像是晨曲。

光是唯一的使者,那些道路再不通往
异地,只引导你的山羊爬上那些悲戚的陡坡

那些守卫恒久的刺猬，没有喊你的名字
但另一半丢失的自由却被惊恐洗劫
这是最后的接受，诸神与人将完成最后的仪式。

不要走错了地方，不是所有的路都可以走
必须要提醒你，那是因为打开的偶像
　不会被星星照亮，
只有属于你的路，才能看见天空上时隐时现的
马鞍留下的印记。听不见的词语命令虚假的影子
在黄昏前吓唬宣示九个古彝文字母的睡眠。

那是你的铠甲，除了你还有谁
敢来认领，荣誉和呐喊曾让猛兽陷落
所有的耳朵都知道你回来了，不是黎明的风
送来的消息，那是祖屋里挂在墙上的铠甲
发出了异常的响动
唯有死亡的秘密会持续。

那是你白银的冠冕，

镌刻在太阳瀑布的核心，
翅翼聆听定居的山峦
星座的沙漏被羊骨的炉膛遣返，
让你的陪伴者将烧红的卵石奉为神明
这是赤裸的疆域
所有的眼睛都看见了
那只鹰在苍穹的消失，不是名狗
克玛阿果[1]咬住了不祥的兽骨，而是
占卜者的鹰爪杯在山脊上落入谷底。

是你挣脱了肉体的锁链？
还是以勇士的名义报出了自己的族谱？

死亡的通知常常要比胜利的
捷报传得更快，也要更远。

这片彝语称为吉勒布特[2]的土地
群山就是你唯一的摇篮和基座
当山里的布谷反复突崛地鸣叫

那裂口的时辰并非只发生在春天
当黑色变成岩石，公鸡在正午打鸣
日都列萨[3]的天空落下了可怕的红雪
那是死神已经把独有的旗帜举过了头顶
据说哪怕世代的冤家在今天也不能发兵。

这是千百年来男人的死亡方式，并没有改变
渴望不要死于苟且。山神巡视的阿布则洛[4]雪山
目睹过黑色乌鸦落满族人肩头如梦的场景
可以死于疾风中铁的较量，可以死于对荣誉的捍卫
可以死于命运多舛的无常，可以死于七曜日的玩笑
但不能死于耻辱的挑衅，唾沫会抹掉你的名誉。

死亡的方式有千百种，但光荣和羞耻只有两种
直到今天赫比施祖[5]的经文都还保留着智者和
贤人的名字，他的目光充盈并点亮了那条道路
尽管遗失的颂词将从褶皱中苏醒，那些闪光的牛颈
仍然会被耕作者询问，但脱粒之后的苦荞一定会在
最严酷的季节养活一个民族的婴儿。

哦，归来者！当亡灵进入白色的国度
那空中的峭壁滑行于群山哀伤的胯骨
祖先的斧子掘出了人魂与鬼神的边界
吃一口赞词中的燕麦吧，它是虚无的秘籍
石姆木哈[6]的巨石已被一匹哭泣的神马撬动。
那是你匆促踏着神界和人界的脚步
左耳的蜜蜡聚合光晕，胸带缀满贝壳
普嫫列依的羊群宁静如黄昏的一堆圆石
那是神赐予我们的果实，对还在分娩的人类
唯有对祖先的崇拜，才能让逝去的魂灵安息
虽然你穿着出行的盛装，但当你开始迅跑
那双赤脚仍然充满了野性强大的力量。

众神走过天庭和群山的时候，拒绝踏入
欲望与暴戾的疆域，只有三岁的孩子能
短暂地看见，他们粗糙的双脚也没有鞋。

哦，英雄！我把你的名字隐匿于光中
你的一生将在垂直的晦暗里重现消失

那是遥远的迟缓，被打开的门的吉尔[7]。

那是你婴儿的嘴里衔着母亲的乳房
女人的雏形，她的美重合了触及的
记忆，一根小手指拨动耳环的轮毂
美人中的美人，阿呷嫫嫫[8]真正的嫡亲
她来自抓住神牛之尾涉过江水的家族。

那是你的箭头，奔跑于伊姆则木[9]神山上的
羚羊的化身，你看见落叶松在冬日里嬉戏
追逐的猎物刻骨铭心，吞下了赭红的饥馑
回到幻想虫蛹的内部，童年咬噬着光的羽翼。
那是你攀爬上空无的天梯，在悬崖上取下蜂巢
每一个小伙伴都张大着嘴，闭合着满足的眼睛
唉，多么幸福！迎接那从天而降的金色的蜂蜜。

那是你在达基沙洛[10]的后山倾听风的诉说
听见了那遥远之地一只绵羊坠崖的声音
这是马嚼子的暗示，牧羊的孩子为了分享

一顿美餐，合谋把一只羊推下悬崖的木盘
谁能解释童年的秘密，人类总在故技重演。

那是谁第一次偷窥了爱情给肉体的馈赠
知晓了月琴和竖笛宁愿死也要纯粹的可能
火把节是小裤脚[11]们重启星辰诺言的头巾和糖果
是眼睛与自由的节日，大地潮湿璀璨泛滥的床。
你在勇士的谱系中告诉他们，我是谁！在人性的
终结之地，你抗拒肉体的胆怯，渴望精神的永生。

在这儿父子连名指引你，长矛和盾牌给你嘴巴
不用发现真相，死亡树皮上的神祗被刻在右侧
如果不是地球的灰烬，那就该拥抱自由的意志
为赤可波西[12]喝彩！只有口弦才是诗人
　自己的语言
因为它的存在爱情维护了高贵、含蓄和羞涩。

那是你与语言邂逅拥抱火的传统的第一次
从德古[13]那里学到了格言和观察日月的知识

当马布霍克[14]的獐子传递着缠绵的求偶之声
这古老的声音远远超过人类所熟知的历史
你总会赶在黎明之光推开木门的那个片刻
将尔比[15]和克哲[16]溶于水，让一群黑羊和一群
白羊舔舐两片山坡之间充满了睡意的星团。

你在梦里接受了双舌羊约格哈加[17]的馈赠
那执念的叫声让一碗水重现了天象的外形。

你是闪电铜铃的兄弟，是神鹰琥珀的儿子
你是星座虎豹字母选择的世世代代的首领。

母性的针孔能目睹痛苦的构造
哦，众神！没有人不是孤儿
不是你亲眼看见过的，未必都是假的
但真的确实更少。每一个民族都有
自己的英雄时代，这只是时间上的差别。
你的胆识和勇敢穿越了瞄准的地带
祖先的护佑一直钟情眷顾于你。

那是浩大的喧嚣，据说在神界错杀了山神
也要所为者抵命，更何况人世血亲相连的手指
杀牛给他！将他围成星座的
肚脐，为即将消失的生命哀号，
为最后的抵押救赎
那是习惯的法典，被继承的长柄镰刀
在鸦片的迷惑下，收割了兄长的白昼与夜晚
此刻唯有你知道，你能存活下来
是人和魔鬼都判定你的年龄还太小。

那是你爬在一株杨树，以愤怒的名义
射杀了一只威胁孕妇的花豹，它皮上留下
的空洞如同压缩的命运，为你预备了亡灵
的床单，或许就是灭焰者横陈大地的姿态
只要群山亦复如是，鹰隼滑动光明的翅膀
勇士的马鞍还在等待，你就会成为不朽。

并不是在繁星之夜你才意识到什么是死亡
而拒绝陈腐的恐惧，是因为对生的意义的渴望

你知道为此要猛烈地击打那隐蔽的，无名的暗夜
不是他者教会了我们在这片土地上游离的方式
是因为我们创造了自我的节日，唯有在失重时
我们才会发现生命之花的存在，也才可能
在短暂借用的时针上，一次次拒绝死亡。

如果不是哲克姆土[18]神山给了你神奇的力量
就不可能让一只牛角发出风暴一般的怒吼
你注视过星星和燕麦上犹如梦境一样的露珠
与生俱来的敏感，让你察觉到将要发生的一切
那是崇尚自由的天性总能深谙太阳与季节变化
最终选择了坚硬的石头，而不是轻飘飘的羽毛。

那是一个千年的秩序和伦理被改变的时候
每一个人都要经历生活与命运双重的磨砺
这不是局部在过往发生的一切，革命和战争
让兄弟姐妹立于疾风暴雨，见证了希望
也看见了眼泪，肉体和心灵承担天石的重负

你的赤脚熟悉荆棘，但火焰的伤痛谁又知晓
无论混乱的星座怎样移动于不可解的词语之间
对事物的解释和弃绝，都证明你从来就是彝人。

你靠着那土墙沉睡，抵抗了并非人的需要
重新焊接了现实，把爱给了女人和孩子
你是一颗自由的种子，你的马始终立于寂静
当夜色改动天空的轮廓，你的思绪自成一体
就是按照雄鹰和骏马的标准，你也是英雄
你用牙齿咬住了太阳，没有辜负灿烂的光明
你与酒神纠缠了一生，通过它倾诉另一个自己
不是你才这样，它创造过奇迹也毁灭过人生。

你在活着的时候就选择了自己火葬的地点
从那里可以遥遥看到通往兹兹普乌[19]的方向
你告诉长子，酒杯总会递到缺席者的手中
有多少先辈也没有活到你现在这样的年龄
存在之物将收回一切，只有火焰会履行承诺
加速的天体没有改变铁砧的位置，你的葬礼

就在明天，那天边隐约的雷声已经告诉我们
你的族人和兄弟姐妹将为你的亡魂哭喊送别。
哦，英雄！当黎明的曙光伸出鸟儿的翅膀
光明的使者伫立于群山之上，肃穆的神色
犹如太阳的处子，他们在等待那个凝望时刻
祭祀的牛头反射出斧头的幻影，牛皮遮盖着
哀伤的面具，这或许是另一种生的入口
再一次回到大地的胎盘，死亡也需要赞颂
让每一个参加葬礼的人都能分到应有的食物
死者在生前曾反复叮嘱，这是最后的遗愿
颂扬你的美德，那些穿着黑色服饰的女性
轮流说唱了你光辉的一生，词语的肋骨被
置入了诗歌，那是骨髓里才有的万般情愫
在这里你会相信部族的伟大，亡灵的忧伤
会变得幸福，你躺在亲情和爱编织的怀抱
每当哭诉的声音被划出伤口，看不见的血液
就会淌入空气的心脏，哦，琴弦又被折断！
不是死者再听不见大家的声音，相信你还在！
当那个远嫁异乡的姐姐说："以后还有谁能

代替你听我哭泣?”泪水就挂在了你的眼角

主方和客人在这里用克哲的舌头决定胜负

将回答永恒的死亡是从什么时候来到人间

逝去的亲人们又如何在那白色的世界相聚

万物众生在时间的居所是何其的渺小卑微

只有精神的勇士和哲人方才可能万古流芳

送行的旗帜列成了长队,犹如古侯[20]和曲涅[21]

又回到迁徙的历史,

哦,精神的流亡还在继续

屠宰的牛羊将慰藉生者,昨天的死亡与未来

的死亡没有什么两样,但被死亡创造的奇迹

却会让讲述者打破常规悄然放进

生与死的罗盘

那里红色的胜利正在返回,天空布满了羊骨

的纹路,今天是让魂灵满意的日子,我相信。

哦,英雄!古老的太阳涌动着神秘的光芒

那群山和大地的阶梯正在虚幻中渐渐升高

领路的毕摩又一次抓住了光线铸造的权杖

为最后的步伐找到了维系延伸可能的活水
亡者在木架上被抬着，摇晃就像最初的摇篮
朝左侧睡弯曲的身体，仿佛还在母亲的子宫
这是最后的凯旋，你将进入那神谕者的殿堂
你看那透明的斜坡已经打开了多维度的台阶
远处的河流上飘落着宇宙间无法定位的种子
送魂经的声音忽高忽低，仿佛是从天外飘来
由远而近的回应似乎又像是来自脚下的空无
送别的人们无法透视，但毕摩和你都能看见
黑色的那条路你不能走，那是魔鬼走的路。

沿着白色的路走吧，祖先的赤脚在上面走过
此时，你看见乌有之事在真理中复活，那身披
银光颂词里的虎群占据了中心，时间变成了花朵
树木在透明中微笑，岩石上有第七空间的代数
隐形的鱼类在河流上飞翔，玻璃吹奏山羊的胡子
白色与黑色再不是两种敌对的颜色，蓝色统治的
时间也刚被改变，紫色和黄色并不在指定的岗位
你看见了一道裂缝正在天际边被乘法渐渐地打开，

那里卷轴铺开了反射的页面，光的楼层还在升高
柱子预告了你的到来，已逝的景象淹没了膝盖
不用法律捆绑，这分明就是白色，为新的仪式。

这不是未来的城堡，它的结构看不到缝合的痕迹
那里没有战争，只有千万条通往和平之梦的动物园
那里找不到锋利的铁器，只有能变形的柔软的马勺
那里没有等级也没有族长，只有为北斗七星
　准备的梯子
透明的思想不再为了表达，语言的珍珠滚动于
　裸体的空白
没有人嘲笑你拿错了碗，这里的星辰不屈服于
　伪装的炮弹
这里只有白色，任何无意义的存在都会
　在白色里荡然无存
白色的骨架已经打开，从远处看它就像
　宇宙间的一片叶子。

哦，英雄！你已经被抬上了火葬地九层的松柴之上

最接近天堂的神山姆且勒赫[22]是祖灵

　永久供奉的地方

这是即将跨入不朽的广场，只有火焰和

　太阳能为你咆哮

全身覆盖纯色洁净的披毡，这是人与死亡

　最后的契约

你听见了吧，众人的呼喊从山谷一直传到了

　湛蓝的高处

这是人类和万物的合唱，所有的蜂巢都倾泻出

　水晶的音符

那是母语的力量和秘密，唯有它的声音能让

　一个种族哭泣

那是人类父亲的传统，它应该穿过了

　黑暗简朴的空间

刚刚来到了这里，是你给我耳语说永生的

　计时已经开始

哦，我们的父亲！你是我们所能命名的

　全部意义的英雄

你呼吸过，你存在过，你悲伤过，你战斗过，你热爱过

你看见了吧，在那光明涌入的门口，是你穿着
　盛装的先辈
而我们给你的这场盛典已接近尾声，从此你在
　另一个世界。

哦，英雄！不是别人，是你的儿子为你点燃了
　最后的火焰。

2020年4月22日—26日

注释：

① 克玛阿果：彝族历史传说中一只名狗的名字。
② 吉勒布特：凉山彝族聚居区一地名，彝语意为“刺猬出没的土地”。
③ 日都列萨：凉山彝族聚居区一地名，传说是彝族火把节的发源地。
④ 阿布则洛：凉山彝族聚居区布拖县境内的一座神山。
⑤ 赫比施祖：凉山彝族历史上最著名的毕摩之一。
⑥ 石姆木哈：凉山彝族传说中亡灵的归属地，传说它的位置在天空和大地之间。
⑦ 吉尔：彝语中的护身符，在凉山彝族不同的家族中都有自己的吉尔。
⑧ 阿呷嫱嫫：彝族传说中一种鸟的名字，此鸟以脖颈细长灵动美丽而著称。
⑨ 伊姆则木：凉山彝族聚居区布拖县境内的一座神山。
⑩ 达基沙洛：凉山彝族聚居区布拖县一地名，此地为诗人父亲出生的地方。
⑪ 小裤脚：特指凉山彝族聚居地阿都方言区的彝人，因男人着裤上大下小而被形象地称为“小裤脚”。
⑫ 赤可波西：彝族历史上最著名的口弦（一种古老的以口腔进行共鸣的乐器）出产地。
⑬ 德古：彝族传统社会中的智者和贤达。
⑭ 马布霍克：凉山彝族聚居区布拖县境内的一座神山。
⑮ 尔比：彝语的谚语和箴言。
⑯ 克哲：彝族中一种古老的说唱诗歌形式。
⑰ 约格哈加：彝族历史上一只著名的绵羊，以双舌著称，其鸣叫声能传到很远的地方。
⑱ 哲克姆土：凉山彝族聚居区布拖县境内的一座神山。
⑲ 兹兹普乌：地点位于云南省昭通市境内，是传说中彝族六个部落会盟迁徙出发的地方。
⑳ 古侯：凉山彝族著名的古老部落之一。
㉑ 曲涅：凉山彝族著名的古老部落之一。
㉒ 姆且勒赫：凉山彝族聚居区布拖县境内的一座神山。

死神与我们的速度谁更快

——献给抗击2020年新型冠状病毒疫情的所有人

死神的速度比我们更快，
因为它出其不意，
它在枪响之前已经跑在了前面。
死神！这一次似乎更快，
它莫非是造物主
又一次最新的创造？
还是人类在今天
必须勇敢面对的更严峻的考验？
死神并非都戴着明显的面具，
这一次它同样隐没于空气。
死神的速度比我们更快，
在统计的数字出来之前

它罪恶的手仍然在使用
那该被一千次诅咒的加法！
因为死亡的数字还在增加，
而此刻，我们渴望的只是减法！
死神已经到过许多地方，
杀死了老人、青年，还伤害了
我们柔弱的孩子，
肆虐我们的城市、街道以及花园，
它所到之处，敲击着黑色的铁。

死神的速度比我们更快，
因为它出其不意
它在枪响之前已经跑在了前面。
然而，这一次！就像有过的上一次！
我们与死神的比赛，无疑
已经进入了你死我活的阶段，
谁是最后的强者还在等待答案。
让我们把全部的爱编织成风，
送到每一个角落，以人类的名义。

让我们用成千上万个人的意志，
凝聚成一个强大的生命，在穹顶
散发出比古老的太阳更年轻的光。
让我们打开所有的窗户，将梦剪裁成星星
再一次升起在蓝色幕布一般的天空。

你说死神的速度比我们更快，不！
我不相信！因为我看见这场
与死亡的赛跑正在缩短着距离。
请相信我们将会创造一个新的纪录，
全世界都瞪大着眼睛，在看着我们！
我们的速度正在分秒之间被创造，
这是领袖的速度，就在第一时间，
那坚定、自信、有力的声音传遍了
祖国的大地、森林、天空和海洋，
创造这一速度的领跑者永远站在最前列。
这是人民的速度，无论是城市还是乡村，
每一个公民都投入了没有硝烟的战斗，
任何一个岗位都有临危不惧的人坚守。

这是体制的速度，一声声驰援的号令
让无数支英雄儿女的队伍集结在武汉。
这是集体的速度，个人主义的狭隘和自私
在这里没有生存的空间，因为严峻的现实
告诉我们，任何生命都需要相互依存。
这是奉献的速度，这种奉献绝不是一句豪言，
亲人们时刻都在焦急地等待着他们平安归来，
而每一天他们与死神的搏斗都是异常激烈，
当面部的颧骨呻吟无声，生与死比纸要薄，
那是阵地的抢夺战，每一次冲锋都不能后退，
他们与死神抢夺的是一个个鲜活的生命。
我不相信上帝的存在，但相信天使就在我们中间，
她昨天哭了，当她又拯救了一个生命，
虽然她穿着密不透风的防护服，我还是能看见
一双大大的眼睛里滚下感动的泪水。
是的，在电视机前，我们曾在防护罩前看见过
无数双这样的眼睛，虽然不知道他们的真实姓名
但可以肯定，我们一定会从这一双双眼睛里
看到一个民族所拥有的无限希望和未来。

这是生命的速度，从共和国的病毒专家
到一个普通的护士，从城市的管理者到黎明时
还在为每一座城市刷新面容的环卫工人，
他们对生命的尊重，都体现在每一个岗位上，
由于他们的付出，我们才有了足够的冷静和从容。
这是国家的速度，或者说这就是中国的速度，
火神山医院和雷神山医院的建设，
当然不是火神和雷神的恩赐，它的建设速度
毫无疑问也创造了一个令人为之动容的奇迹。
那些塔吊或许就不是钢铁的面具，而是人的脊柱
它将渴望的钉子牢牢地置入铅色的虚空。
这不是幻想，这是不容置疑的现实，
要知道它的施工，同样是在死亡的刀尖上舞蹈，
从电视上看见一双现场工人的手，虽然转瞬即逝
但对我而言却刻骨铭心，这双手似乎正在变大，
在天空和大地相连的榫头发出胫骨低沉的吹奏，
因此我断言，有了一双双这样勇敢勤劳的手，
我们的幸福、命运、安宁就不会握在别人的手上。
因为那双手，不是造物主的，更不是所谓诸神的，

他是一位中国劳动者粗糙、黝黑但充满了自信的手。

死神正在与我们进行殊死的赛跑，
它是病毒的另一个可怖的代名词。
让我们在未知的空间以勇气杀死它，
不是用鲁莽，而是用超过常规的理性和科学，
让我们隔离对流的空气、看不见的水雾，
但不影响我们心灵之间的温暖和慰藉。
与死神赛跑有前方，可后方有时也是前方，
与死神赛跑，没有观众，我们都是选手。
这不是孩子手中的魔方，在今天的中国
每一条街道都是战壕，每一个家庭都是堡垒。
哦！变异的病毒，看不见的死神！
你是人类的邻居，影子的影子，与生命相随
谁也无法告诉我们你已经存活了多少年？
当你从睡眠中复活，灾难的红矛就会刺向肋骨，
你以无形的匕首偷袭人类最虚弱的地带。
哦！没有面具的死神，这一次你又以隐形的方式
进入了我们没有设防的自由的家园，

我们的战争已经开始,我知道这是一场攻防战,
在实验室我们的精锐部队正在直抵你的心脏,
总有一刻会找到能够杀死你的那件武器。
对于大众,我们打响防卫战的红色信号弹
也已经无数次照亮过中国的城市、乡镇和学校。
哦! 这是阻击战,也是一场将被这个世纪
记载的十四亿人口参加的人民战争。
我们必须坚持,因为死神也开始筋疲力尽,
只有忍耐! 只有挺住! 我们才能耗死进攻的敌人!

世界的部分中国,中国的中心世界,
当你的呼吸急速,地球的另一半
也会面部通红。有一种战争,与古老的
宗教无关,与国家冲突无关,与政治无关。
哦! 世界! 今天的中国正在全面打响的
是一场捍卫人类的战争,旋转的地球
就是一个家庭,当灾难来临,没有旁观者,
所有的理解、帮助,哪怕道义上的支持
都会给处于困境中的人们巨大的力量。

哦！世界！中国从来就是你的一部分，
她分担你的忧患，从未推卸过自己的责任，
这个东方古老民族以其坚韧、朴实和善良
始终在给人类的文明奉献出智慧和创造。
哦！中国！从不把责任和担当作为标签，
为了维护世界和平，你牺牲的维和战士
蓝色头盔上生长着永远不会消失的鸽子。
当埃博拉病毒的恐惧笼罩着非洲，乌木的
神像传递着比羚羊更快的死亡的消息，
在几内亚、利比里亚、塞拉利昂的国土上
就有过数百名中国医疗队战斗的身影，
是他们与当地的人民一起阻止了疫情的蔓延。
无论多么遥远，只要非洲鼓的声音在召唤
中国！就会向非洲兄弟伸出黄色皮肤的援手。
相信吧，在最危难的时刻，我们都会不离不弃。
这就是我们的国际主义，这就是我们的人道主义，
它没有颜色，如果有它就是阳光的颜色，就是
天空的颜色，就是大地的颜色，就是海洋的颜色，
就是血液的颜色，就是眼泪的颜色，就是灵魂的颜色。

哦！世界！请加入到今天中国这场
抗击病毒的战役中来吧，中国的战役就是
　世界的战役！

数字还在增加，这不是冰冷的数据，
在每一个数字的背后都是一个生命。
也许恐慌的情绪还会在我们中间蔓延，
也许你还会在短暂的无奈中惊慌失措。
哦！朋友们，同志们，要相信整体的力量
但是我们任何时候都不能忘了个体的责任。
哦！死神！它爬上了飞机，它爬上了高铁，
它爬上了不同的交通工具，但是朋友们
你们发现没有啊！死神就常常跟随着我们。
哦！不能给死神可乘之机，戴好一次口罩
其实就是一次单兵出击，一个人的阻击战，
只有当千百万人都成为士兵，这才是
我们最终战胜死神的最最关键的法宝。
阻击它！给它最猛烈的击打！不能让它喘息
不给它反击我们颅骨和臂部的机会。

死神在寻找着我们，它知道我们看不见它，
它在寻找万分之一防守者可能失控的地方。
哦！朋友们，同志们，假如有一次失控，
我们的损失和代价就真的难以估量，
就会有更多的生命徘徊在死亡的边缘，
有的亲人也将会永远地离开我们。
直到今天死神的幽灵还在大地上游荡，
它用看不见的头撞击我们的每一扇门窗，
嘴里发出另一个世界才能听见的声音。
它绑架空气、胁迫物质、混迹于人群之中
在任何一个我们可能接触的部位，隐匿着
一把又一把地狱的钥匙，它是不折不扣的
来自冥界的邮递员，毁灭生命的寄生虫。
死亡其实伴随人类的历史已经千百万年
这本身是自然的法则，不可改变的逻辑。
但是，死神！这一次你对人类的侵袭充满了
从未有过的疯狂，你让冒汗的碎片中断了生命
让家庭不再完整，爱情缺失了恋人，本该回家的人
再不能回到家。哦！死神！无论今天你在哪里

我们都要集合起千千万万的生命向你发起反击。

死神与我们的速度谁更快?
虽然它在枪响前已经跑在了前面,
但你看见了吗?我已经清楚地看见
当自由的风吹动着勇士三色的披肩,当太阳的
箭矢穿过黑色的岩石,当光明的液体反射向宇宙
逃离了地球的引力,当人类的子宫再次孕育地球
植物的语言变成比三倍还要多的萤火
当所有动物的眼睛,都能结构多维度的哲学
在每一个人的胸腔中只生长出救赎的苦荞。
当自己成为大家,当众人关注最弱小的生命,
一个人的声音的背后是一个民族的声音,而
　从一个人声音的内部
　却又能听见无数人的不同的声音。
是的,我已经真切地看见了,我们与死神的赛跑
已经到了最后的冲刺,相差的距离越来越近,
这是最艰难的时候,唯有坚持才能成为最后的英雄。
相信吧!我们会胜利!中国会胜利!人类会胜利!

因为这场生与死的竞赛相差的距离已经越来越近！

2020年2月1日—2日

马鞍的赞词

沉默的时候,时间的车轮
并没有停止

一　等待

回忆昔日的黄金,
唯独只有骑手醒来:

风吹过眼球,
吹过头颅黑色的目光。
鼓动的披风,自由的
手势,与空气消融。

鹰隼的儿子,

另一半隐形的翅膀，
呈现于光的物体。

飞翔于内在的
悬疑，原始的秘密，
熄灭在鸟翅之上。

至尊的荣誉，
在生命之上，死亡的光环
涌动在群山的怀抱。
骑手，还在颂词中睡眠，
但黎明的吹奏
却已经在火焰的掩护下
开始了行进。

二　符号的隐喻

骑手没有名字，
他们的名字排列成阶梯。

鞍座只记忆胜利者，
唯有光明的背影，永远
朝前的姿势融化于黑暗。

眼底的空洞透明晶莹，
风的手指紧紧地拽着后背。
马脊骨是一条直线，
动与静在相对中死去，
旋转的群山坠落入蓝色，
苍穹和大地脱离了时间。

耳朵转向存在的空白，
在迅疾的瞬间，进入了灭亡。
针孔。黑洞。无限。盲点。
声音弥散在巨大的宇宙，
周而复始的替换，没有目的，
喉咙里巫语凝固后消失。

哦，骑手！不论你的血统怎样，

是紫色，是黑色，还是白色，
马背上的较量只属于勇士。
没有缝隙，拒绝任何羞耻的呼吸，
比生命更高贵的是不朽的荣誉。
你看，多快的速度穿过了肋骨，
只有它能在天平上分出高低。

三　马蹄铁的影子

永远不会衰竭……
每一次弯曲，都以绝对的
平衡告别空虚。
肢体的线条自由地起伏，
踏着大地盛开的花朵。
无数的幻影叠加飞行，
前倾的身体刺入了未来，
肩膀上只有摇曳的末端。

四肢的奔腾悬浮空中，

撒落的种子,
受孕于无形的胎心。
持续性的那一边,
没有燃烧的箭矢。
名字叫达里阿宗的坐骑,
被传颂在词语的虹膜,
不被意识的空格拉长,
但能目睹马蹄铁的坠落。
无须为不朽的勇士证明,
那些埋下了尸骸的故土,
只要低头凝视,就能找到
碎铁的一小片叶子。

四　三色的原始

黑色的重量透彻骨髓,
那是夜晚流动的秘密,
大地中心的颜色,
往返坐直的权杖。

在缄默的灵魂里，
没有，或者说，它的高贵
始终在黄金之上，
所有的天体守候身旁。

太阳的耳环，
光明涌入的思想，
哦，永恒的金属，
庞大溢满的杯子。

抓住万物的头发，
吹动裸露的胸膛，
唯恐逃离另一个穹顶，
词语的舌尖舔舐了铁。

血液暗红的色素，
来自祭祀的牛羊。
红色的生命之躯，
渴望着石头的水。

只有含盐的血
拌入矿物质的疯狂，
那只手，才能伸向
成熟乳房的果实。

朝我们展开了
生殖力最强的部分，
没有别的颜料，
只有红黄黑
在诞生前及死亡后
成为纯粹的记忆。

五　静默的道具

能听见无声的嘶鸣，
但看不到那匹马。
当火焰，穿过岩石和星座，
是谁在呼喊骑手的名字？
否则，抬起的前蹄

不会踏碎虚无的存在。

那只手抓住了缰绳，
在马背之上如弧形的弓，
等待奔向黑暗的瞬间。
是骨骼对风的渴望，
还是马鞍自由的意志，
让虚幻的骑手，在轻唤
月色中隐形的骏马？

三色原始的板块，
呈现出宁静的光芒，
原始的底色，潜藏着
断裂后的秘密。
哦，伟大的冲刺才属于你，
拒绝进入那永恒的睡眠。

总有一天，那个时刻，
要降临到词语的中心，

你会突然间醒来，
在垂直的天空下飞翔，
没有头部，没有眼睛，也没有
迎风飘扬的尾巴。
你的四蹄被分成影子，
虽然已经脱离了躯体，
但那马蹄铁哒哒的回声
却响彻回荡在天际。
是的，你已经将胜利的
消息，提前告诉了我们。

2018年5月24日

鹰的诞生和死亡

——你的诞生和死亡都同样伟大

一　孵的标志

在最高的地方，
那是悬崖迎接曙色
唯一国度，
什么也看不见，
只是一个蛋，不会旋转
那无数针孔的门。
没有从前，都是开始，
悬浮的空气和记忆
在转世前已经遗忘。

一块圆滑的石头，
柔软的水的核心，
这是真正胎腹的混沌，
那里是另一个大海
时间涌动着渴望的水，
直到那四肢成形，
心脏的拳头敲击着
未来虔诚的胸膛。

哦，是的，那是你的宇宙，
它的外面是宇宙的宇宙。
穹顶飘落鹅黄色的光，
无法用嘴说出一种意义。
能看见无色无味的瀑布，
尽管没有声音，自上而下
弥漫在思想的周围。

你的呼吸不在内部，
是太阳的光纤

进入了蓝色的静脉。
抽象的一,或者七,
那才是你伟大的父亲,
因为最终孕育的脐带,
都被它们始终握住。

二　天空之心

向太阳致敬,
向天空和无限的
牵引之力致敬……
是你用金属的嘴角,
以诞生和反抗的名义,
用光的铁锤,敲打着
倒立在顶部的砧板。
当你的天体破裂的时刻,
光明见证了你的诞生:
没有风暴的迹象,但白昼的
雷电却在天际隐约地闪现。

你没有出现的时候，
父子连名的古老传统，
就已经为你的到来命名。
当你瞩望浩瀚的星空，
陨石的坠落，就像梦境里
嬉戏的星星那样无常。
或许你还并不了解
生命虚无的全部意义，
但你的出现，却给天空的
心脏，装上了轮子和羽翼。
因为你，天空的高度
才成为其中一种高度，
否则，没有那个黑色的句号，
一分为三的白色只是白色。

时刻与万物保持着
隐秘的对话和情感，
站立在黎明的巢中，
对于你清澈反光的镜子，

那些影像和柔软的思绪，
已经从第三方听到了
你的心跳黑洞的节奏。
对于草原和群山而言，你或许是
一匹马，一种速度，一段久唱不衰
的民歌，然而对于天空
你的存在要大于数字的总和。

三　退隐时间

伟大的高度，才会有
绝对的孤寂，迎着观念的
空无，语言被思想杀死。
有一百种姿势供你选择，
但只有一种姿势是你
盘旋在粒子之上的威仪：
那就是浮动于暂停的时间，
没有前没有后，没有左和右，
没有上没有下，失去了存在。

没有重量循环的影子，
仅仅是飞翔的一种形式。
涡流的气体，划过内部的
薄片，巨大无形的力量
比受益的睡眠还轻。
翅膀上羽毛的镀铜闪亮，
承载着落日血红的余晖。
不能再高，往上是球体的空白，
往下巡视，比线还细的江河
冒着虚拟水晶的白烟。
绿色的森林，不是混合色块，
除了居住在星球外的果实，
你的目光都能捕捉到踪迹。

一片叶子、一只昆虫、迁徙
的蚂蚁，被另类抚摸过的石头，
瞳孔里的映象，被放大了千倍。

目睹过生物间的杀戮，

那是自然法则又非法则，
所有的生命都参与其中，
唯有人类的罪孽尤为深重。

在人迹罕至的崖顶，
每一次出发和归来，
哦，流动的谜一样的灵物，
只留下了空无的气息。

四　守护圆圈

如同守护疆域，
没有丢失过一次阵地，
作为一个物种，
捍卫了自由和生命的
权利……
尽管思想的长矛
被插入了椎骨的肚脐，
但词语构筑的星星和月亮，

仍然站立在肩头。
祖先留下的那副盾牌，
迎击了一次次风暴。

承接过宇宙的巨石，
吮吸传统的谚语，将受伤的
木碗，运往安全的地方。
那是秘密的护身符，
它将从魔鬼和天使的中间
从容不迫地滑翔而过。
将大地和天空的语言，
书写在果实内脏的部位，
如果失去另一半自我，
无疑就已经临近死亡。
紧紧握住磁铁的一端，
否则，将会在失血时倾倒。

从颅骨到坚硬的脚趾，
神枝插满了未知的天幕，

没有名字的星座,部族的祭司
在梦里预言了你最后的死期。

五　葬礼

知道那个时辰已经来临,
它比咒语的速度更要迅捷。
你的眼睛,蓄满黑色之盐,
祖先的绳结套住了脊柱。

这是一件献给不朽未来的
最后的礼物,也是一次
向生命的致敬和道歉。
无须将活着的意义告诫万物,
它们知道的或许还要更多。

哦,天空的道路,已经
呈现出白色的路线,
那是通往死亡的圣殿。

送魂的经文将被重复吟诵，
死亡的仪式在今天
已经超过了诞生的隆重，
而这一切都将独自完成。

朝着落日的位置瞩望，
那里的风速正在改变着
永恒的方向，在更高的地方，
紫色的云朵静止如玻璃。

哦，快看！是你正朝着太阳的位置
迅速地拔高，像一道耀眼的光芒，
羽毛发出嗞嗞的声音，划破的
空气溅射出疼痛无色的血浆。

你还在拔高，像失控箭矢，
耗尽最后的力量，力争达到
那个毁灭与虚无的顶点。
是的，你达到了：一声沉闷的爆炸，

在刺眼的光环中，完成了你的
祖辈们都完成过的一件事情。
此时，辽阔的天空一片沉寂，
只有零碎的羽毛还在飘落。

2018年5月25日

雪的反光和天堂的颜色

一

这是门的孕育过程
是古老的时间,被水净洗的痕迹
这是门——这是门!
然而永远看不见
那隐藏在背后的金属的叹息
这是被火焰铸造的面具
它在太阳的照耀下
弥漫着金黄的倦意
这是门——这是门!
它的质感就如同黄色的土地
假如谁伸手去抚摸

在这高原永恒的寂静中
没有啜泣，只有长久的沉默……

二

那是神鹰的眼睛
不，或许只有上帝
才能从高处看见，这金色的原野上
无数的生命被抽象后
所形成的斑斓的符号
遥远的迁徙已经停止
牛犊在倾听小草的歌唱
一只蚂蚁缓慢地移动
牵引着一丝来自天宇的光

三

蓝色，蓝色，还是蓝色
在这无名的乡间

这是被反复覆盖的颜色

这是蓝色的血液,没有限止地流淌

最终凝固成的生命的意志

这是纯粹的蓝宝石,被冰冷的燃烧熔化

这是蓝色的睡眠——

在深不可测的潜意识里

看见的最真实的风暴!

四

风吹拂着——

在这苍秋的高空

无疑这风是从遥远的地方吹来的

只有在风吹拂着的时候

而时间正悄然滑过这样的季节

当大雁从村庄的头顶上飞过

留下一段不尽的哀鸣

此时或许才会有人目睹

在那经幡的一面——生命开始诞生

而在另一面——死亡的影子已经降临！

五

你的雪山之巅
仅仅是一个象征，它并非现实的存在
因为现实中的雪山，它的冰川
已经开始不可逆转地消失
谁能忍心为雪山致一篇悼词？
为何很少听见人类的忏悔？
雪山之巅，反射出幽暗的光芒
它永远在记忆和梦的边缘浮现
但愿你的创造是永恒的
因为你用一支抽象的画笔
揭示并记录了一个悲伤的故事！

六

那是疯狂的芍药

跳荡在大地生殖力最强的部位
那是云彩的倒影,把水的词语
抒写在紫色的疆域
穿越沙漠的城市,等待河流的消息
没有选择,闪光的秋叶
摇动着羚羊奔跑的箭矢
疾风中的牦牛,冰川时期的化石
只有紧紧地握住手中的法器
占卜的神枝才会敲响预言的皮鼓

七

你告诉我高原的夜空
假如长时间地去注视
就会发现,肉体和思想开始分离
所有的群山、树木、岩石都白银般剔透
高空的颜色,变幻莫测,隐含着暗示
有时会听见一阵遥远的雷声
我们都不知道什么是最后的审判

但是，当我们仰望着这样的夜空
我们会相信——
创造这个世界的力量确实存在
而最后的审判已经开始……

八

谁看见过天堂的颜色？
这就是我看见的天堂的颜色，你肯定地说！
首先我相信天堂是会有颜色的
而这种颜色一定是温暖的
我相信这种颜色曾被人在生命中感受过
我还相信这种颜色曾被我们呼吸
毫无疑问，它是我们灵魂中的另一个部分
因为你，我开始想象天堂的颜色
就如同一个善于幻想的孩子
我常常闭着眼睛，充满着感激和幸福
有时泪水也会不知不觉地夺眶而出……

2014年1月23日

火焰上的辩词

我在火塘的上方
另一个我
在火塘的下方
不是我被火焰分割
而是我与另一个我
在语言的沙场
进行着殊死的搏斗！

——题记

我：

我将返回源头
河流的静脉发出
子宫白色的光
鹰翅的羽毛悬垂于

天宇寂静的门户

将神枝插满大地

星象隐秘循环往复

我不会真的死亡

死亡只是一种仪式

在飞鸟的影子里

在石头脊柱的核心

语言沉没于风的穹顶

而我在火焰上的词语

终于熔化成了泪滴。

另一个我：

时间或许是虚拟的存在

万物通过死亡见证一切

在空旷粗粝的原野

蚁穴的智慧不为人知

那是环形交错的迷宫

国王的威严呼风唤雨

不同的等级列队而行

它们的疆域足够辽阔
积累的财富装满了国库
但是一只巨大的牛蹄
纯属偶然踏碎了蚁穴
我不知道蚂蚁的触觉
是否听到了这死亡的消息
但这并非偶然的结局
却改变了一个王国的命运。

我：

在母语的声音里回去
久违的高地闪现着蓝光
被铁的火镰点燃的蒿草
飘浮着乳汁和生殖的香味
潜入词语最深的根部
吮吸被遗忘的盐的密码
沿着送魂经的方向行进
毕摩告诉我，语言的记忆
比土地的记忆更要久长

回到母语的故乡和疆域
诗人才会成为真的祭司
词语将在风中涌动光芒
神授的力量永不枯竭
创造的火焰再不会熄灭。

另一个我：

为所有的生物哭泣
因为每一天每一个时辰
都有兄弟姊妹在死亡
我们看见资本和技术的逻辑
成为这个世界的主宰
每一个临界死亡的植物
为我们敲响了世纪的丧钟
所有弱势微小的生命
发出的呐喊虽然微弱
但它依然洞穿了铜墙铁壁
这穿越针孔和未来的声音
已经响彻在天宇之外

不要阻挡这正义的呼唤
它不会被任何力量消减。

我：
摘下我古老的面具
真实地面对这个世界
我是雄鹰唯一的儿子
父子连名是我们的传统
捍卫荣誉比生命更为重要
当我们的肩上落满鸦群
部落的彩旗迎风飘扬
从先辈那里获取智慧
旋转的酒杯传递着死亡
为了传统而延续生命
这并非个人的选择
集体的力量在牛的脖颈
生命的存在铸造颅骨
它在最后战胜了虚无。

另一个我：

在这片生我养我的土地
当犁铧翻开它的心脏
我已经再也无法看见
它的血管流出鲜红的汁液
没有一只蚯蚓在眼前蠕动
那些微小无名的生命
早已被无情的技术杀戮
谁能为消失的事物忏悔？
罪过至今未有谁来承担
当我们搬开煮熟的土豆
总会想起大地的恩情
但是当吟诵古老的谚语
我们便会在模糊的泪眼中
看见已经逝去的家园。

我：

赞颂每一种古老的粮食
是诗人最不可剥夺的天职

我们把苦荞称为母亲
那是因为它延续了生命
你能在我们的部落中看见
母亲在用咀嚼过的荞麦
口对口地喂养怀中的婴儿
当那高地上生长的荞麦
在那星光下自由地摇曳
它的故事将被我们诉说
成为一个民族集体的记忆
不知道是从什么时候开始
对它们的赞颂就成为习惯
多么幸运,这是我们的使命。

另一个我:
在我家中的墙壁上
挂着两副古老的马鞍
一副马鞍是公性的
另一副当然就是母性
我的祖先征战的时候

如果佩戴公性的马鞍
母性的就会守护着家园
谁能解释这其中的缘由？
每一种生命的存在
似乎都被别的生命护佑
一个个体生命的毁灭
将预示出另一个的不测
我们不能为一个弱者的死亡
而像一个旁观者熟视无睹。

我：

穿过了钢铁和资本的峡谷
我听见了口弦的诉说
那声音是如此的微弱
但它是另一种动人的语言
它是最基本古老的词汇
只表达自由和爱情的含义
那纯粹的弹拨来自灵魂
每一个音符都扣人心弦

这样的旋律如泣如诉
像一把匕首刺中了心脏
谁能说出演奏者的名字?
他分明就是神灵的化身
只要能听懂这其中的奥秘
你就是一个真正的彝人。

另一个我:

那是我的荞麦地
生长于时间的回忆
风吹过麦尖窸窣有声
在那白银一般的夜空
布满了黄金切割的影子
那是空中倒挂的摇篮
摇响了手中催眠的铃铛
萤火沉落于季风的海洋
完整的麦地开始飞翔
我已经很难站在山顶
去瞩望落日无形的翅膀

因为那星光下的麦地
已经看不见那个孩子
还在那里听风的声音。

我：
我会秉承我的方式
那是群山的传统
那是火焰的钥匙
那是燃烧的格言
那是从创世纪开始
就在血液里的那些东西
当群山在灵魂中
注定成为一种影子
当钥匙被火焰一千次地
纯洁和净化
当格言成为了铠甲
那些血液里的东西
总会在返乡的路上
发出羊皮鼓面的声音。

另一个我:

站在碉楼的高处
那里是祖先的疆域
四周是护卫的群山
河流奔腾于幽深的峡谷
我能听懂它们的诉说
野鸡高声的鸣叫
那是一个求偶的季节
松鼠留下秘密的语言
山鹰注视着野兔的轨迹
在那阳光反射的岩石上
斑斓的昆虫拖住了时间
更远的地方,蜿蜒的路上
那个穿小裤脚的男人
开始唱一曲布拖高腔。

我:

那条河流蜿蜒而下
穿越了古老的语言

它在词语的核心
绽放出骨质的光芒
每一滴水都被镀金
如同柔软的金属
我们的诗歌将它赞颂
因为它是家园的屏障
不是每一条大河
都能将灵魂变得沉重
不是每一条河流的名字
都能让词语感到疼痛
有时它并非一种存在
但它的伤痕却清晰可见。

另一个我：

在通往吉勒布特的山坡上
那一棵树已经站立了好久
没有人知道它经历过的时光
它的存在似乎就是一种隐喻
在黎明点燃群山的时候

风的诉说将它的歌谣吹动
当星光布满透明的穹顶
它的孤独盛满了大地的杯盏
那些茂密的森林曾被大肆砍伐
或许并不仅仅是为了人类的生存
作为一棵树你迎送过无数的路人
在他们的眼里你就是神灵的化身
你的枝叶时常飘浮于另一个空间
潜藏于意识中的树,战胜了死亡。

2019年8月

诗人的结局

我不知道，
是1643年的冬天，
还是1810年彝族过年的日子。

总之，实际上，
老人们都这样说。

在吉勒布特，
那是一场罕见的大雪，
整整下了一天一夜。
住在这里的一家人，
有十三个身强力壮的儿子，
他们骄傲的父母，
都用老虎和豹子，

来为他们的后代命名。

鹰的影子穿过了，
谚语谜一般的峡谷。

大雪还在下，
直到傍晚的时候，
妈妈在嘴里喃喃地
数着一个个归来的儿子。
“一个、两个、三个……”

她站在院落外，
看着自己的儿子们，
披着厚实的羊毛皮毡，
全身冒着热气。
透过晶莹的雪花，
她的眼睛闪动着光亮。

这一切都发生在这里。

一块破碎的锅庄石，

被坚硬的犁头惊醒，

时间已经是2011年春季，

他们用手指向那里：

“你的祖先就居住在此地！”

燃烧的牛皮在空中弯曲成文字。

一个词语的根。

一个谱系的火焰。

被捍卫的荣誉。

黑色的石骨。

从鹰爪未来的杯底，

传来群山向内的齐唱。

太阳的钟点，

从未停止过旋转。

我回到了这里。

戏剧刚演到第三场。

因为父子连名的传统,
那结局我已知晓。
从此死亡对于我而言,
再不是一个最后的秘密。
这不是一场游戏,
作为主角,不要耻笑我,
我是另一个负重的虚无,
戏的第七场已经开始……

2016年7月7日

辑二

文学演讲和随笔

诗人的个体写作与人类今天所面临的共同责任

——寄往第二十一届麦德林诗歌节暨首届全球国际诗歌节主席会议的书面演讲

诗歌作为一种最古老的艺术形式，已经伴随着人类走过了漫长的生命岁月。诚然这种古老的艺术形式，已经成为我们生命中不可分割的一个部分，但诗歌作为一种真正意义上的精神存在，却从未停止过给人类饥渴的心灵输出长久弥新的甘泉和营养。当然诗歌本身作为一门写作艺术，它的艺术形式在不同民族诗歌传统中的创新，已经是人类的诗歌史上证明了的一个毋庸置疑的真理，否则诗歌的生命就不会延续到今天。

回望人类的历史，我们不敢想象，如果没有诗歌这一人类古老的艺术，世界各民族的心灵史将会怎样去抒写，而人类的精神生活又将是何等贫乏和残缺。在这里，我想强调的是，诗歌无论对于人类而言，还是对于写作诗歌的诗人个体，它都是存活在人类精神领域里的一种生命形式，它是光明的引领者，它代表着正义和良知。在许多古老的民族中间，诗人所承担的角色，就是这个民族的祭司和精神上的真正首领。伟大的意大利诗人但丁，就是到了21世纪的今天，同样还是意大利精神领域里最伟大的象征和支柱。

我想也正因为如此，诗人的写作才不是一种所谓的职业，把写诗说成是一种职业，我认为这是可笑的行为。从人类伟大的诗歌史中我们可以看到，诗人更像是一个角色，他是精神的代言人，通过自己充满灵性的写作，力求与自己的灵魂、现实乃至世间的万物进行深度对话。难怪在我生活的高原和民族之中，诗人被认为是那些被神所选择的具有灵性的人，他们神奇的天赋以及语言和思想，也被认为是神传授给他们的。

其实这不难理解，在许多古老的原始民族的思维里，这已经是一个被普遍认同的对诗人的判断和认知。诗人在许多时候，不仅仅是精神和良心的化身，甚至还是道德的化身。当代诗人布罗茨基在评论他的前辈曼德尔施塔姆以及俄罗斯白银时代的诗人们时曾这样说，因为他们，聋哑的宇宙、沉默的历史发出了诗的声音——而这，就是“我们的神话”，是诗和诗人存在的意义。

我一直认为，诗歌的写作，就是诗人在不断发现“我是谁”，就是在不断揭示内心的隐秘，同时又在通过一个又一个瞬间的感受来呈现现实的真相。总之，诗人只要活着，他都在生与死、存在和虚无以及个体生命所要经历的一系列冲突中，去回答似乎是宿命里已经安排好的所有命题，诗人理解这个世界的最好方式，就是他的那些来自灵魂的诗歌。

可是各位同行，今天在这里，我想倡导并提醒大家关注一个事实，那就是在全球化背景下，在这个被资本、技术和网络统治的时代，人类面临着许多共同的生存危机，如何控制核威胁、消除饥饿与疾病、遏制生态破坏、保护生物多样性和文化多样性等等，已经到了一个刻不容缓的时候。今天的人类所面临的共同威胁，其严重程度是过去历史上从未有过的。我们这个时代的许多智者，当然也包括我们的诗人，都在思考和忧虑人类的命运，人类将走向何处？特别是在后工业化时代，人类今天的发展方式是一种进步，还是倒退？显然这些无法回避的问题，都需要我们的诗人做出回答。

在我们这个危机和希望并存的时代，诗人不应该只沉湎在自己的内心中，他应该成为，或者必须成为这个时代的良心和所有生命的代言人。需要说明的是，我们对诗人作为个体生命的独立写作，必须给予充分的尊重，而诗人如何去表达其内心的感受并克服其自身的危机，都将是诗人个人的自由。但是无论如何，特别是在当下这个物质主义盛行的世界，诗歌依旧是人类心灵的庇护所这一基本事实并未改变，而诗歌应该在提高和增进人类精神重构方面有所作为。诗人是人类伟大文明最忠实的儿子，我相信，今天仍然生活在这个地球上不同地域的诗人，为了促进世界的和平、加强不同文化之间的沟通与对话，都将发挥出永远不可被替代的重要作用。

2011年3月19日

个人身份·群体声音·人类意识

——在剑桥大学国王学院徐志摩诗歌艺术节论坛上的演讲

十分高兴能来到这里与诸位交流，这对于我来说是一件十分荣幸的事。当下这个世界被称为全球化的世界，网络基本上覆盖了整个地球，资本的流动也到了几乎每一个国家，就是今天看来十分偏僻的地方，也很难不受到外界最直接的影响。然而这样我们就能简单地下一个结论，认为人类之间的沟通和交流就比历史上的其他时候都更好吗？很显然在这里我说的是一种更为整体的和谐与境况，而沟通和交流的实质是要让不同种族、不同宗教、不同阶层、不同价值观的群体以及个人，能通过某种方式来解决共同面临的问题，但目前的情况却与我们的愿望和期待形成了令人不安的差距。进入21世纪的人类社会，科学和技术革命取得了一个又一个重大的胜利，但与此同时出现的是极端宗教势力的形成，以及在全世界许多地方都能看见的民族主义的盛行。各种带有很强排他性的狭隘思想和主张被传播，恐怖事件发生的频率也越来越高。即使英国这样一个倡导尊重不同信仰和多元文化的国家，也不能幸免于恐怖袭击。2017年以来，英国已经发生了四起袭击，虽然这一年还没有过去，但已经是遭到恐怖袭击最多的一年。正因为这些新情况的出现，我才认为必须就人类不同种族、不同宗教、不同阶层、不同价值观群体的对话与磋商建立更为有效的渠道和机制。毫无疑问，这是一项十分艰巨而棘手的工作，它不仅仅是政治家们的任务，同样也是当下人类社会任何一个有良知和有责任的人应该去做的。是的，你们一定会问，我们作为诗人在今天的现实面前应当发挥什么作用呢？这也正是我想告诉诸位的。很长一段时间，有人怀疑过诗歌这一人类最古老的艺术形式，是否还能存在并延续下去。事实已经证明这种怀疑完全是多余的，因为持这种观点的人大都是技术逻辑的思维，他们只相信凡是新的东西就必然替代老的东西，而从根本上忽视了人类心灵世界对那些具有恒久性质并能带来精神需求的艺术的依赖——不容置疑，诗歌就在其中。无须讳言，今天的资本世界和技术逻辑对人类精神空间的占领可以说无孔不入，诗歌很多时候处于社会生活的边缘地带，可是任何事物的发展总有其两面性，所谓物极必反讲的就是这个道理。令人欣慰的是，正当人类在许多方面出现对抗，或者说出现潜在对抗的时候，诗歌却奇迹般地成为人类精神和心灵间沟通的最隐秘的方式，诗歌不负无数美好善良心灵的众望，跨越不同的语言和国度进入了另一个本不属于自己的空间，在那个空间里无论是东方的诗人还是西方的诗人，无论是犹太教诗人还是穆斯林诗人，总能在诗歌所构建的人类精神和理想的世界中找到知音和共鸣。

创办于2007年的中国青海湖国际诗歌节，在近十年的过程中给我们提供了许多弥足珍贵的经验和启示，有近千名的各国诗人到过那里，大家就许多共同关心的话题展开了自由的讨论，在那样一种祥和真诚的氛围中，我们深切体会到了诗歌本身所具有的强大力量。特别是我有幸应邀出席过哥伦比亚麦德林国际诗歌节，我在那里看到了诗歌在公众生活和严重对立的社会中所起到的重要作用。在长达半个多世纪的哥伦比亚内战中，有几十万人死于战火，无数的村镇生灵涂炭，只有诗歌寸步也没有离弃过他们。如果你看见数千人不畏惧暴力和恐怖，在广场上静静地聆听诗人们的朗诵，尤其是当你知道他们中的一些人，徒步几十里来到这里就是因为热爱诗歌，难道作为一个诗人在这样的时刻，你不会为诗歌依然在为人类迈向明天提供信心和勇气而自豪吗？回答当然是肯定的。诸位，我这样说绝没有试图想去拔高诗歌的作用，从世俗和功利的角度来看，诗歌的作用更是极为有限的，它不能直接去解决人类面临的饥饿和物质匮缺，比如肯尼亚现在就面临着这样的问题，同样它也不能立竿见影让交战的双方停止战争，今天叙利亚悲惨的境地就是一个例证。但是无论我们怎样看待诗歌，它并不是在今天才成为我们生命中不可分割的部分，它已经伴随我们走过了人类有精神创造以来全部的历史。

诗歌虽然具有其自身的特点和属性，但写作者不可能离开滋养他的文化对他的影响，特别是在这样一个全球化的背景下，同质化成为一种不可抗拒的趋势的时候。诗歌本身所包含的因素并不单一，甚至在形而上的哲学层面上，诗歌更被看重的还应该是它最终所能抵达的核心以及语言创造给我们提供的无限可能，因此诗歌的价值就在于它所达到的精神高度，就在于它在象征和隐喻的背后传递给我们的最为神秘的气息。真正的诗歌要在内容和修辞诸方面都成为无懈可击的典范。撇开这些前提和要素，诗人的文化身份以及对于身份本身的认同，就许多诗人而言，似乎已经成了外部世界对他们的认证，因为没有一个诗人是抽象意义上的诗人，哪怕就是保罗·策兰那样的诗人，尽管他的一生都主要在用德语写作，但他在精神归属上还是把自己划入了犹太文化传统的范畴。当然任何一个卓越诗人的在场写作，都不可能将这一切图解成概念进入诗中。作为一个有着古老文化传统的彝民族诗人，从我开始认识这个世界起，我的民族独特的生活方式以及精神文化就无处不在地深刻影响着我。彝族不仅在中国是最古老的民族之一，就是放在世界民族之林中，可以肯定也是一个极为古老的民族。我们明确记载的文字史有两千多年，彝文的稳定性在世界文字史上同样令人瞩目，直到今天这一古老的文字还在被传承使用。我们的先人曾创造过光辉灿烂的历法“十月太阳历”，对火和太阳神的崇拜，让我们这个生活在中国西南部群山之中的民族，除了具有火一般的热情之外，内心的深沉也如同山中静默的岩石。我们还是人类这个大家庭中保留创世史诗最多的民族之一，史诗《勒俄特依》《阿细的先基》《梅葛》《查姆》等等，抒情长诗《我的幺表妹》《呷玛阿妞》等等，可以说就是放在世界诗歌史上也堪称艺术经典。浩如烟海的民间诗歌，将我们每一个族人都养育成了与生俱来的说唱人。毫无疑问一个诗人能承接如此丰厚的思想和艺术遗产，其幸运是可想而知的。彝族是一个相信万物有灵的民族，对祖先和英雄的崇拜，让知道它的历史和原有社会结构的人不由自主地会联想到荷马时代的古希腊，或者说斯巴达克时代的生活情形。近一二百年彝族社会的特殊形态，一直奇迹般地保存着希腊贵族社会的遗风，这一情形直到20世纪50年代才发生了改变。诗人的写作是否背靠着一种强大的文化传统，在他的背后是否耸立着一种更为广阔的精神背景，我以为对他的写作将起到至关重要的作用，正因为此所有真正从事写作的人都明白一个道理：诗人不是普通的匠人，他们所继承的并不是一般意义上的技艺，而是一种只能从精神源头才能获取的更为神奇的东西。在彝族的传统社会中并不存在对单一神的崇拜，而是执着地坚信万物都有灵魂，彝族的毕摩是连接人和神灵世界的媒介，毕摩也就是萨满教中的萨满，直到今天他们依然承担着祭祀驱鬼的任务。需要说明的是当下的彝族社会已经发生了很大的变化，在其社会意识以及精神领域中，许多外来的东西和固有的东西都一并存在着，彝族也像这个世界上许多古老民族一样，正在经历一个前所未有的现代化的过程，这其中所隐含的博弈和冲突，特别是如何坚守自身的文化传统以及生活方式，已经成了一个十分紧迫而必须要面对的问题。我说这些你们就会知道，为什么文化身份对一些诗人是如此重要。不同的诗人承担着不同的任务和使命，即使有时候这些并非他们自身的选择。我并不是一个文化决定论者，但文化和传统对有些诗人的影响的确是具有决定意义的，在中外诗歌史上这样的诗人不胜枚举，20世纪爱尔兰伟大诗人威廉·巴特勒·叶芝，被誉为巴勒斯坦骄子的伟大诗人马哈茂德·达尔维什等人，他们的全部写作以及作为诗人的形象，很大程度上已经成为一个民族的精神标志和符号。如果从更深远的文化意义上来看，他们的存在和写作整体呈现的更是一个民族幽深厚重的心灵史。诚然，这样一些杰出的天才诗人，最为可贵的是他们从来就不是为某种事先预设的所谓社会意义而写作，他们的作品所彰显的现实性完全是作品自身诗性品质的自然流露。作为一个正在经历急剧变革的民族的诗人，我一直把威廉·巴特勒·叶芝、巴勃罗·聂鲁达、塞萨尔·巴列霍、马哈茂德·达尔维什等人视为我的楷模和榜样。在诗人这样一个特殊的家族中，每一个诗人都作为独立的个体存在，但这些诗人中间总有几个是比较接近的，当然这仅仅是从类型的角度而言，因为从本质上讲每一个诗人个体就是他自己，谁也无法代替他人，每一个诗人的写作其实都是他个人生命体验和精神历程的结晶。

在中国，彝族是一个有近九百万人口的世居民族，我们的先人数千年来就迁徙游牧在中国西南部广袤的群山之中，那里山峦绵延，江河纵横密布，这片土地上的自然遗产和文化精神遗产，是构筑这个民族独特价值体系的基础，我承认我诗歌写作的精神坐标，都建立在我所熟悉的这个文化之上。成为这个民族的诗人也许是某种宿命的选择，但我更把它视为一种崇高的责任和使命。作为诗人个体发出的声音，应该永远是个人性的，它必须始终保持独立鲜明的立场，但是一个置身于时代并敢于搏击生活激流的诗人，不能不关注人类的命运和大多数人的生存状况，从他发出的个体声音的背后，我们应该听到的是群体和声的回响，我以为只有这样，诗人个体的声音，才会更富有魅力，才会更有让他者所认同的价值。远的不用说，与20世纪中叶许多伟大的诗人相比较，今天的诗人无论是在精神格局，还是在见证时代生活方面，都显得日趋式微，这其中有诗人自身的原因，也有社会生存环境被解构得更加碎片化的因素。当下的诗人最缺少的还是荷尔德林式的，对形而上的精神星空的叩问和烛照。具有深刻的人类意识，一直是评价一个诗人是否具有道德高度的重要尺码。

朋友们，我是第一次踏上英国的土地，也是第一次来到闻名于世的剑桥大学，但是从我能开始阅读到今天，珀西·比希·雪莱、乔治·戈登·拜伦、威廉·莎士比亚、伊丽莎白·芭蕾特·布朗宁、弗吉尼亚·伍尔芙、狄兰·托马斯、威斯坦·休·奥登、谢默斯·希尼等等，都成了我阅读精神史上不可分割并永远感怀的部分，最后请允许我借此机会向伟大的英语世界的文学源头致敬，因为这一语言所形成的悠久的文学传统，毫无疑问已经成为这个世界文学格局中最让人着迷的一个部分。

2017 年 7 月 29 日

总有人因为诗歌而幸福

——在剑桥大学国王学院徐志摩诗歌艺术节“银柳叶诗歌终身成就奖”颁奖仪式上的致答辞

感谢你们把本届诗歌节“银柳叶诗歌终身成就奖”颁发给我，我以为这是你们对我所属的那个山地民族诗歌传统的一种肯定，因为这个民族所有的表达方式都与诗歌有着密切的关系。诗歌作为一种最古老的艺术，在过去很长一段时间里，我们的先辈几乎都是用它来书写自己的历史和哲学。这种现象虽然在世界许多民族中并不少见，但在我们民族所保存遗留下来的大多数文字经典中，其最主要的书写方式就是诗歌，甚至我们的口头文学大多也是以诗歌的形式被世代传诵的。哪怕在我们的日常生活中，诗歌中通常使用的比兴和象征也随处可见。特别是在我们的聚会、丧葬、婚礼以及各类祭祀活动中，用诗歌的形式所表达的不同内容，在本质上都蕴含着诗性的光辉。可以说，我们彝族人对诗歌的尊崇和热爱是与生俱来的，在我们古老的谚语中把诗歌朴素地称为“语言中的盐巴”，由此可见，数千年来诗歌在我们的精神世界和现实生活中扮演了何等重要的角色。我以为，我们民族数千年来从未改变并坚持至今的，就是对英雄祖先的崇拜以及对语言所构筑的诗歌圣殿的敬畏。特别是在当下这个物质主义的时代，如何让诗歌在我们的精神生活中发挥它应有的作用，我想这对于每一个诗人而言都不仅仅是一种写作的需要。诗人必须站在道德和正义的高度，去勇敢地承担起一个有良知的诗人所应当承担的责任和使命。其实在我们民族伟大的诗歌经典中，这一传统就从未有过中断。

朋友们，我们民族繁衍生活的地方，就在中国西南部广袤绵延的群山之中，我的故乡彝语名称为“尼木凉山”，它是中国最大的彝族聚居区，也可以说是我们民族精神和文化的圣地，今天在那里我们还能随处找到史诗中赞颂过的神山、牧场、峡谷以及河流，还能根据真实的传说去寻找到我们的祖先在这片土地上留下的英雄业绩。这片20世纪中叶以前还与外界缺少来往的神秘地域，毋庸置疑，它已经成为我们每一个彝族诗人终其一生都会为之书写的精神故土。在这片土地上有一条奔腾不息的大河，在彝语中被称为“阿合诺依”，它的意思是黑色幽深的河流，在汉语里它的名字叫金沙江。这条伟大的河流，它蜿蜒流淌在高山峡谷之间，就像我们民族英勇不屈的灵魂，它发出的经久不息的声音，其实就是这片土地上所有生命凝聚而成的合唱。朋友们，我的诗歌只不过是这一动人合唱中一个小小的音符，我作为一个诗人，也只是这个合唱团中一个真挚的歌手。

2017年7月29日

光明与词语铸造的巨石

——序彝族英雄史诗《支格阿鲁》

彝族是这个世界上留下史诗最多的民族之一，或许可以说是拥有史诗最多的民族，我这样说绝没有夸张的成分，就一个单一民族而言，其史诗的种类也是极为丰富的，现在已经出版并为我们大家所熟悉的就有《勒俄特依》《查姆》《梅葛》《阿细的先基》等等，可以说彝族就是一个名副其实的诗的民族。令人感到十分欣慰和高兴的是，长时间流传于彝族不同区域的英雄史诗《支格阿鲁》的又一个更为完整的版本就要出版了，毫无疑问它的出版将是彝族文化史上的一个重要事件，同样我也认为它是中国乃至世界史诗领域的又一将被历史所记载的重要收获。我做此评价没有半点溢美之意，而完全是基于这部史诗的非凡价值而做出的。彝族英雄史诗《支格阿鲁》过去已出版过多种版本，在翻译过程中有的采用了诗体的形式，有的采用了散文体的形式，但在史诗的整体内容上都还不是一个完整的版本，这不能不说是一个遗憾。当然，熟悉彝族这部史诗的人都知道，这与这部史诗流传于彝族生活的不同地域和方言区有着极大的关系，因为这部史诗是一部跨地域被不同方言区所传承的史诗。在这里同样必须加以说明的是，这些在不同方言区被传承的史诗内容上并不是雷同和重复的，但是可以肯定它们的主脉和源头是一致的，这就为这部庞大史诗的整合统一提供了前提和可能性。我以为任何一部被后人进行再整理的史诗，整理者都将承担着极大的风险和责任，一是这种整理必须合乎已经流传在不同地域的史诗文本的逻辑关系，二是不能随意地将已经流传的文本进行删减，三是要始终与彝族典籍所记载的（包括口头流传）英雄支格阿鲁的事迹相吻合。也正因为此，我在阅读这部史诗的过程中，一直抱有一种忐忑不安的心情，我十分忧虑这部史诗在统一整理时，会出现我担心的以上情况。但当我数遍阅读完这部英雄史诗，我认为我此前的担心完全是多余的。几位翻译整理者怀着敬畏之心并秉持科学的态度，经过深入调查研究比较，采取了对所有文本有所选择、避免重复、保留特质的方法，高水平地为我们提供了一个完美的版本。这部流传于四川、贵州、云南的英雄史诗，第一次被完整系统地整理出来，其篇幅不仅大大地有所增加，内容也更加丰富厚重。这部英雄史诗的长度和原创性，完全可以和古希腊英雄史诗《伊利亚特》《奥德赛》相媲美。我做出这样的评价也绝不是兴之所至，因为这部史诗把一个古老民族有关哲学思想、宗教信仰、伦理道德、天文地理、艺术审美、风俗习惯等都进行了全方位的诗性呈现。在世界史诗史上，英雄史诗《支格阿鲁》其内容和形式的独特性及其价值都是唯一的不可被替代的，尤其是这部史诗巨著中的英雄人物支格阿鲁，他所创造的一切伟大业绩早已成为千百万彝族集体意识中的珍贵记忆，同样支格阿鲁这个名字也成为这个古老民族无可争议的精神符号和象征。在这个世界上，任何一部英雄史诗反映和记录的历史，毫无疑问都是那个民族最重要的精神史，伟大的彝族英雄史诗《支格阿鲁》也不例外。我相信任何一个阅读者，如果有机缘阅读到这部具有丰厚文化意蕴的史诗，都会同我一样深刻地感受到它的广阔和深度，以及它为我们提供的足以让所有人为之赞叹的具有经典意义的书写。最后，请允许我以一个诗人的名义用一句话来结束这篇序言：因为你的存在，光明与词语铸造的巨石便成为现实！

2017年8月16日

诗歌与光明涌现的城池

——在2017年成都国际诗歌周开幕式上的演讲

我在这里说的成都，既是现实世界中的成都，同时也是幻想世界中的成都，尤其是当我们把一座城市与诗歌联系在一起的时候，这座城市便在瞬间成为一种精神和感性的集合体，也可以说当我们从诗歌的维度去观照成都时，这座古老的城市便像梦一样浮动起来。我去过这个世界上许多的国家，也有幸到过不少富有魅力的城市，如果你要问我在这个世界上，有哪些城市与诗歌的关系最为紧密，或者说这些城市其本身就是诗歌的一部分，那么我会毫不犹豫地告诉你，那就是法国的巴黎和中国的成都。当然，对我的这种看法和观点，一定会有人不同意，甚至持相反的意见。

需要说明的是，我说巴黎和成都的内在精神更具有神秘的诗性，并不仅仅是说在历史上有许多重要的诗人曾经生活在这里，有许多无论是在中国诗歌史上，还是在世界诗歌史上的重要事件在此发生——当然，这些的确是这两个城市所拥有的诗歌记忆的重要组成部分。

巴黎不用我在这里赘述，最让人捉摸不透的是，在漫长的中国历史上，成都一直是一个在诗的繁荣上从未有过长时间衰竭的城市，当然我说的这种衰竭是在更大的时间段落内进行比较的。就唐朝而言，可以说它是中国诗歌的黄金时代，如果我们做粗略统计，那个时期的伟大诗人李白、杜甫、白居易、岑参、刘禹锡、高适、元稹、贾岛、李商隐、温庭筠、“初唐四杰”等都来到过蜀地，许多人还长期在成都滞留居住，诗圣杜甫就两次逗留成都，时间长达三年零九个月，留下了两百多首描写成都的诗歌。

从某种意义来讲，蜀地成了不同历史时期许多诗人在诗歌和精神上的栖居地，以及停止流亡避难的另一个故乡。难怪诗仙李白在《上皇西巡南京歌（其二)》中写出了如此经典的诗句:“九天开出一成都,万户千门入画图。草树云山如锦绣,秦川得及此间无。”李白本身就出生于蜀地,我以为他对成都的赞叹和热爱,并不仅仅完全来源于对这片山水之地的乡情,而是作为一个诗人对这座汇聚着深厚人文历史的城市的理解和洞悉。

同样我们还知道,中国历史上最早的一部词总集《花间集》就出现在成都,时间是后蜀广政三年(940年),由赵崇祚编集,其时间跨度大约有一个世纪,作品的数量达到五百首。虽然这些作者并不限于后蜀一地,但这一影响后来中国诗词形成更大繁荣的前奏,就发生在公元10世纪30年代到11世纪40年代的一百多年中,最为重要的是中国抒情诗词伟大传统的形成,也正是在那个时期达到了从未有过的高度。

在历史上蜀地也曾经遭遇过多次的战乱和政权的更替,正如古人常说的那样一句话“天下未乱蜀先乱,天下已治蜀未治”,但与整个中国别的地域相比,蜀地更多时候还是丰衣足食,自然灾害也少有发生,政治权力和平民百姓的生活都趋于稳定,特别是以成都为中心的平原地带，千里沃野，可以说是中国农耕文明最精细、发达，同时也是持续得最长的地方。

正因为此，古代的许多中国诗人都以游历寻访蜀地作为自己的一个夙愿和向往。此外还有一个重要的原因，就是千百年来蜀地似乎孕育了一种诗性的气场。它特殊的地理环境和能把时间放慢的市井与乡村生活，毫无疑问是无数诗人颠沛流离之后，灵魂和肉体所能获得庇护的最佳选择。我不是在这里想象和美化蜀地不同历史阶段的生活，而是想告诉大家四川的确是一个神奇的地方，尤其是在漫长的封建农耕文明的时代，中国没有一个地区能像四川那样能完全做到自给自足，粮食、棉帛、铜铁、石材、食盐、毛皮、茶叶、美酒等等，可以说应有尽有。

当然任何事物都有它的两面性，我们也可以看到许多出生于蜀地的文化巨人，他们也大都是走出了夔门才被世人所知晓的，但不能不说这方土地的确是人杰地灵，唐代的李白、宋代的苏轼三父子是其中最有代表性的，就是到了近现代，在中国文学史和文化史上产生过重要影响的作家、诗人和画家就有郭沫若、巴金、李劼人、张大千、沙汀、艾芜等等，如果要排下去这个名单还会很长。而在中国近现代历史上蜀地出生的政治家和军事家更是比比皆是，他们其中的一些人深刻地改变了中国和人类历史的进程，如中国改革开放的总设计师邓小平就是最重要的代表人物之一。最有意味的是，这些伟大的人物大都在成都读过书，有的就出生在成都，有的在成都度过了人生中一段或长或短的美好岁月。

中国新诗的开拓者和旗手郭沫若，1910年2月就来到了成都，后来入读于四川高等学堂。当时也在成都就读的、后来名闻遐迩的小说大师李劼人，也因为这片地域所给予他的丰厚滋养，其一生的创作都把蜀地作为自己永恒的主题。伟大的人道主义者巴金，这位出生于成都正通顺街李公馆里的作家，他的名作《家》《春》《秋》，所记录的都是成都一段令人悲伤而又对明天充满向往的梦一样的生活。

画家张大千1938年为躲避战乱生活在成都，他创作的《蜀山图》《蜀江图》等佳作，其作品所透出的品质和韵味，完全是一个蜀中画家才可能具有的通灵和大气象，他的大写意和汪洋肆意的泼墨，直接催生了中国画的又一次巨大变革。

我说成都和巴黎是东方和西方两个在气质上最为接近的城市，还因为这两座城市在延续传统的同时，对异质文化有着强大的包容和吸收能力，它们都有一种让诗人和艺术家能完全融入其中的特殊氛围以及状态，有不少文化学者和社会学家认为，有些城市从一开始就是为诗人、艺术家以及思想者而构筑的。

不用再去回顾历史，就发生在20世纪70年代末80年代初的中国现代诗歌运动来讲，蜀地诗群就是唯一一个能与北京现代诗群难分伯仲的诗人群体。当然，这一影响深远的现代诗歌运动，其中心就在成都。对外面的人而言这一切就如同一个诗歌所铸造的神话，当时诗人数量极多，出现的诗歌流派更是令人目不暇接。毫不夸张地说，现在在中国诗坛最活跃、最具有影响力的诗人中，起码有数十位就是从蜀地走出来的，从他们的一些回忆文章，以及中国现代诗歌运动研究专家的论述中，我们都能发现一个有趣的现象：这些诗人毫无例外地几乎都在成都居住生活过。

事实上这一切都变成了一种现实，就是成都毫无争议地被公认为中国现代诗歌运动最重要的两个城市之一，成都又一次穿越了历史和时间，成为中国诗歌史上始终保持着诗歌地标的重镇。

你说这一切难道都是偶然的吗？我的回答，那当然不是。如果说一个人的身上会携带某种独特气质的传承，一个族群的集体意识中有无法被抹去的符号记忆，那一座古老的城市难道就没有一种隐秘的精神文化密码被传递到今天？我们的回答同样是肯定的，否则我们就不会也不可能去解析一个并非谜一般的问题，那就是为什么从古代到今天，成都这座光辉的城池与中国诗人结下的生命之源是如此深厚。尤其是本届成都国际诗歌周的如期成功举办，再一次证明了我对这座光荣的诗的城市的认识和判断是正确的，我相信来自世界不同国家的诗人们，最终也会得出一个同样的结论。朋友们，在我们的眼前你们所看见的这座诗歌与光明涌现的城池，就是成都！

2017年9月13日

光明与鹰翅的天石

——在2017年西昌邛海·“丝绸之路”国际诗歌周开幕式上的致辞

在这个美好而充满诗意的季节，我们如期迎来了第二届西昌邛海·“丝绸之路”国际诗歌周的召开，在这里请允许我代表中国作家协会并以本届诗歌周组委会主席的名义，热忱地欢迎来自不同国家和地区的诗人光临这一诗歌的盛会，并预祝本届诗歌周获得圆满的成功。同时，还要借此机会向为本届诗歌周的筹备安排付出了辛勤努力的各相关机构和个人表示最衷心的感谢。

朋友们，今天的世界仍然是一个动荡而充满了不确定的世界，人类如何选择自己的未来同样是生活在这个地球上不同地域的人们共同面临的问题，为了构建一个更加合理、更有利于和平与发展的国际新秩序，需要今天的人类在国际政治的层面之外，还应该从更多的方面贡献智慧以及更富有建设性的意见，只有这样我们才可能在面对重重危机的时候，去有效做到求同存异共谋发展。中国国家主席习近平提出的“一带一路”宏伟构想，正是站在人类社会发展全局的高度，为真正构建起人类命运共同体而绘制的一幅面向未来的蓝图。也正因为此，由不同的文化作为深厚基础所进行的对话和互动才更显示出强大的力量。而诗歌作为不同民族精神文化的精髓，它并没有远离我们的现实和生活。毫无疑问，在今天它已经再一次成为不同国家、不同民族、不同文化背景、不同价值取向的人们进行沟通和交流的最有效方式之一，诗歌依然在发挥着介入生活和现实的作用。

朋友们，就在此时此刻，我想到了“光明与鹰翅的天石”这样一句充满了象征和隐喻的诗句，因为在这片天空与群山静默如初的疆域里，亘古不变的太阳依然在巡视着大地上的万物和生命，时间的光影同样在周而复始地行走过黑暗与光明所构筑的世界。如果你相信所有的存在都不是孤立的个体，而同时你还相信所有的存在都有其隐秘的来源，那么你的心灵和思想才可能与你眼前的这个并非虚拟的现实融为一体。从这个意义上而言，我从根本上是肯定和坚信哪怕一粒微尘，它的运行毫无疑问也是宏大宇宙的一个部分，而一粒微尘本身其实就是一个宇宙，无论它多么微小，但它所承载的信息和能量，都是我们无法用简单的数据去衡定的。当我们伫立在苍茫的大地心无旁骛地去聆听，我们就能从时间的深处听见风的呓语和光的赞词，由此我们也才有可能在瞬间目睹并接近真理的化身。难怪伟大的德语诗人荷尔德林，在自己的诗歌中始终把形而上的力量和具有灵性的语言紧密地融为一体，从而使他的每一句诗都如同神授的箴言。在浩如烟海的彝族历史典籍中，探索生命和宇宙的形成一直是最为核心的主题，这其中既包含了事物之间的相互关系，同时也揭示了生命的无常以及死亡作为规律的存在。作为诗人我想告诉大家，当我们今天承接下来的是如此丰富、厚重的伟大传统时，我们除了感到无比的幸福和骄傲之外，更重要的是，我们还必须树立在当下创造新的壮丽史诗的雄心，否则我们将有愧于这片土地上世代英雄谱系中的勇士们所创造的业绩。我无法想象，但这一切都是现实，当然这也给我们这个崇拜祖先和英雄的民族，找到了继续坚守自己的信仰和传统最直接的理由。不用在这里去一一陈述，我们的先人给我们留下了这个世界上最多的创世史诗，它们的名字已经深深地镌刻在了我们民族的集体记忆中：《查姆》《勒俄特依》《宇宙人文论》《彝族源流》《洪水泛滥》《阿细的先基》《阿黑西尼摩》《倮罗巫经》《梅葛》……它们也已经成为当今人类共同的精神财富。当我们面对这些伟大的传统和遗产时，任何溢美之词都会显得苍白无力，我以为我们只能勇敢地承担起我们这一代人的责任和使命，才可能创造出无愧于这一伟大诗歌传统的经典作品。当然，生活在这个世界不同地域的诗人们，也同样肩负着传承和弘扬各自民族诗歌传统的责任和使命。真正写出划时代的具有人类整体高度的诗歌精品，是我们作为诗人共同追求的目标。诗人朋友们，我们只能把诗歌的火炬烧得更亮！当正义战胜邪恶成为不可抗拒的法则，而每一个人真的都拥有神圣的自由和尊严时，那么，请相信光明与鹰翅的天石就会在我们的前方，也正因为此，我们迈向明天和未来的脚步才不会停止，永远不会停止！

2017年10月10日

另一种创造：从胡安·鲁尔福到奥克塔维奥·帕斯[①]

——在北大中墨建交45周年文学研讨会上的演讲

当我在这里说到胡安·鲁尔福、奥克塔维奥·帕斯的时候，我便想到一个关键的词：创造，或者用一句更妥帖的话来说那就是：另一种创造。我想无论是在墨西哥文学史上，还是在拉丁美洲文学史上，甚至扩大到整个20世纪的世界文学史，胡安·鲁尔福和奥克塔维奥·帕斯都是两个极具传奇色彩并充满了神秘的人物。

① 奥克塔维奥·帕斯：墨西哥诗人、散文家。1990年由于“他的作品充满激情，视野开阔，渗透着感悟的智慧并体现了完美的人道主义”而获得诺贝尔文学奖。

最有意思的是，与这样充满了传奇又极为神秘的人物在精神上相遇，不能不说从一开始就具有某种宿命的味道。首先，让我先说说我是如何认识胡安·鲁尔福这个人和他的作品的。我没有亲眼见过胡安·鲁尔福，这似乎是一个遗憾。当然这个世界有这么多神奇的人，其中不乏你十分心仪的对象，但都要见面或要认识，的确是一件十分困难的事。

但对胡安·鲁尔福这个人和他的作品，从我第一次与之相遇，我就充满了好奇和疑问。好奇是因为我读了他的短篇小说集《燃烧的原野》和中篇小说《佩德罗·巴拉莫》之后，我对他作为一个异域作家所具有的神奇想象力惊叹不已。记得那是在20世纪80年代初，这样的阅读给我带来的愉悦和精神上的冲击毫无疑问是巨大的。

可以说就在短短几个月的时间里，我把一本不足二十万字的《胡安·鲁尔福中短篇小说集》反复阅读了若干遍，可以说有一年多时间这本书都被我随身携带着，以便随时翻阅抽看。因为阅读胡安·鲁尔福的作品，我开始明白，在世界许多地方的“地域主义”

写作，在语言和形式上都进行了新的开拓和探索，不少作品具有深刻的土著思想意识，对人物的刻画和描写充满着真实的力量，尤其是对地域文化和自然环境的呈现更是淋漓尽致。

这些作品包括厄瓜多尔作家豪尔赫·伊卡萨的《瓦西蓬戈》、委内瑞拉作家罗慕洛·加列戈斯的《堂娜芭芭拉》、秘鲁作家阿格达斯的《深沉的河流》、秘鲁作家西罗·阿莱格里亚的《广漠的世界》等等，如果把它的范围扩大得更远，在非洲地区还包括尼日利亚作家阿契贝小说四部曲《瓦解》《动荡》《神箭》《人民公仆》，肯尼亚作家恩古齐的《一粒麦种》、《孩子，你别哭》和《大河两岸》，等等。

当然还有许多置身于这个世界不同地域的众多“地域主义”写作的作家，这对于20世纪而言是一个令人瞩目的文学现象，对他们的创作背景和作品进行解读，不管从政治层面，还是从社会和现实的层面，都会让我们对不同族群的人类生活有一个更全面更独到的认识。因为这些作家的作品都是对自己所属族群生活的独立书写，而不是用他者的眼光所进行的记录。这些作品的一次次书写过程，其实就是对自身文化身份的一次次确认。这些杰出的作家在后现代和后殖民的语境中，从追寻自身的文化传统和精神源头开始，对重新认识自己确立了自信并获得了无可辩驳的理由。

可以说对于第三世界作家来说，这一切都是伴随着民族解放、国家独立而蓬勃展开的。但是，对于胡安·鲁尔福来说，虽然他的作品和生活毫无争议地属于那个充满了混乱、贫困、战争、动荡而又急剧变革的时代，但他用近似于灌注了魔力的笔为我们构建了一个人鬼共处的真实世界，这种真实的穿透力更能复现时间和生命的本质。胡安·鲁尔福最大的本领是他给我们提供了新的时间观念，他让生和死的意识渗透在他所营造的空间和氛围里。他用文字所构筑的世界，就如同阿兹特克人对宇宙、对生命、对时间、对存在所进行的神秘而奇妙的描述，这种描述既是过去，又是现在，更是未来。

在20世纪众多的“地域主义”写作中，请允许我武断地说，是胡安·鲁尔福第一次真正打开了时间的入口，正是那种神秘的、非理性的、拥有多种时间、跨越生死、打破逻辑的观念，才让他着魔似的将“地域主义”的写作推到了一个梦幻般的神性的极致。

难怪加西亚·马尔克斯在回忆录中深情地回忆，他很早就能将《佩德罗·巴拉莫》从最后一个字进行倒背，这显然不是一句玩笑话。我们今天可以并非毫无根据地下这样一个结论，是胡安·鲁尔福最早开始了魔幻现实主义写作的实验，而其经典作品《佩德罗·巴拉莫》是一个奇迹，是一座无法被撼动的真正的里程碑。

一个兴起于拉丁美洲的伟大文学时代，其序幕被真正打开，胡安·鲁尔福就是其中最重要的人物之一。《佩德罗·巴拉莫》开创了现代小说的另一种形式，它将时空和循环、生命和死亡天衣无缝地融合在了一起，它是梦和神话穿越真实现实的魔幻写照。在此之后，不仅仅在拉丁美洲，就是在世界范围内，许多后来者都继承遵循了这样的理念，成长于中国20世纪80年代的许多先锋作家，他们都把胡安·鲁尔福视为自己的导师和光辉的典范。

胡安·鲁尔福之所以能得到不同地域、不同民族作家的高度评价，并成为一个永远的话题，那是因为他从印第安原住民的宇宙观以及哲学观出发，将象征、隐喻、虚拟融入了一个人与鬼、生与死的想象的世界，并给这个世界赋予了新的意义。据我们所知，在古代墨西哥人的原始思维中，空间与时间是相互交融的，时间与空间在不同方向的联系，构成了他们宇宙观中最让我们着迷的那个部分。

最让人称道的是，胡安·鲁尔福的写作并不是简单地将原始神话和土著民族的认知观念植入他所构建的文学世界中，他的高明之处是将环形的、不断变化着的时间与空间联系在了一起，这种生命、死亡与生命的再生所形成的永恒循环，最终构成了他所颠倒与重建的三个不同的世界，这三个世界既包括了天堂，也包括了地狱，当然还有胡安·鲁尔福所说的地下世界。

胡安·鲁尔福的伟大之处还在于他把他所了解的现实世界，出神入化地与这些神奇的、荒诞的、超自然的因素形成了一个完美的整体，也让他的书写永远具有一种当代性和现场感。他笔下的芸芸众生毫无疑问就是墨西哥现实世界中的不同人物，他们真实地生活在被边缘化的社会的最底层，但他们发出的呐喊和其他声音通过胡安·鲁尔福已经传到了世界不同的角落。

我对胡安·鲁尔福充满了好奇，那是因为我在阅读他的作品的时候，他给我带来从未有过的启示以及对自身的思考。从比较文化的角度来看，墨西哥原住民和我们彝族人民有许多相同的地方。

墨西哥人不畏惧死神，诞生和死亡是一个节日的两个部分，他们相信人死后会前往一个名叫“米特兰”的地方，那里既不是天堂也不是地狱；我们彝族人把死亡看成另一种生命的开始，人死后会前往一个名叫“石姆木哈”的地方，这个地方在天空和大地之间，那里是一片白色的世界。彝族人认为人死后会留下三魂，一魂会留在火葬地，一魂会跟随祖先回到最后的长眠地，还有一魂会留给后人供奉。

因为胡安·鲁尔福，我开始了一次漫长的追寻和回归，那就是让自己的写作与我们民族的精神源头真正续接在一起，也就是从那个时候开始直到今天，我都把自身的写作依托于一个民族广阔深厚的精神背景当成一种自觉。记得我访问墨西哥城的时候，就专门去墨西哥人类学博物馆进行参观，我把这种近似于膜拜的参观从内心看成是对胡安·鲁尔福的敬意，因为我知道从1962年开始他就在土著研究院工作，他的行为和沉默低调的作风，完全是墨西哥山地人的化身。

那次我从墨西哥带回的礼物中最让我珍爱的就是一本胡安·鲁尔福对墨西哥山地和原住民的摄影集，这部充满了悲悯和忧伤的摄影集可以说是他的另一种述说，当我一遍遍凝视墨西哥山地和天空的颜色时，心中不免会涌动着一种隐隐的不可名状的伤感。

胡安·鲁尔福这个人以及他的全部写作对于我来说，都是一部记忆中清晰而又飘忽不定的影像，就像一部植入了流动时间的黑白电影。因为所具有的这种超常的对事物和历史的抽象能力，胡安·鲁尔福恐怕是世界文学史上用如此少的文字，写出了一个国家或者说一个民族隐秘精神史最伟大的人物之一。也许是因为我的孤陋寡闻，在我的阅读经历和范围中，还没有发现有哪一位作家在抽象力、想象力以及能与之相适应的语言能力方面能与其比肩。

而奥克塔维奥·帕斯对于我来说就是一个现实存在，这个存在不会因为他肉体的消失而离开我，他教会我的不是一首诗的写法，而是对所有生命和这个世界的态度。他说过这样一段话："我不认为诗歌可以改变世界。诗歌可以给我们启示，向我们揭示关于我们人的秘密，可以为我们带来愉悦。特别是，它可以展示另一个世界，展示现实的另一副面孔。我不能生活在没有诗的世界里，因为诗歌拯救了时间、拯救了瞬间：时间没有把诗歌杀死，没剥夺它的活力。"

作为诗人，奥克塔维奥·帕斯虽然不是第一个，但确实是最好的，将拉美古老史前文化、西班牙征服者的文化和现代政治社会文化融为一体写出经典作品的划时代的诗人。他的不朽长诗《太阳石》，既是对美洲原住民阿兹特克太阳历的礼赞，同时也是对生命、自我、非我、死亡、虚无、存在、意义、异化以及性爱的诗性呈现。他同样是20世纪为数不多的能将政治、革命、批判性融为一体，对现实的干预、对自己诗的写作把握得最为适度的大师之一。难怪他曾说过近似于这样的话：政治是同另一些人共处的艺术，而我的一切作品都与另一种东西有关。

我们知道20世纪是一个社会革命和艺术革命都风起云涌的时代，在很长一个阶段不同的意识形态所形成的两大阵营，无论是在社会理想方面，还是在价值观念方面，以及对重大历史事件的判断看法，都是水火不相容的。而在那样一个时期，大多数拉美重要诗人和作家都是不容置疑的左翼人士，当然这也包括奥克塔维奥·帕斯。

但是，也是从那个时候开始，奥克塔维奥·帕斯就表现出了思想家、哲人、知识分子的道德风骨和独立思考的智慧能力。他对任何一个重大政治事件的看法和判断，都不是从所谓的集体政治文化的概念出发，而是从人道和真实出发去揭示出真相与本质。1968年10月20日在特拉特洛尔科广场发生的屠杀学生的事件，就遭到了他的强烈谴责，他也因为这个众所周知的原因辞去了驻印度大使的职务。

可以说，奥克塔维奥·帕斯在墨西哥开创并确立了一种独立思想的批评文化，打破了“不左即右”二元对立的局面。他的这种表达政治异见的鲜明态度，甚至延伸到了他对许多国际重大事件的判断，比如引起整个西方和拉美左派阵营分裂的托洛茨基被暗杀事件，就是他首先提出了对另一种极权以及反对精神自由的质疑，也因此他与巴勃罗·聂鲁达等朋友分道扬镳。他们的友谊直到晚年才得以恢复。

他创办的杂志《多元》《转折》，是拉丁美洲西班牙语世界不同思想进行对话和交锋的窗口。他一直高举着自由表达思想和反对一切强权的人道主义旗帜。他主办过一个又一个有关这个世界未来发展，并且带有某种预言性的主题讨论。这些被聚集在一起的闪耀着思想光芒的精神遗产，对今天不同国度的知识分子同样有着宝贵的参照和借鉴作用。

奥克塔维奥·帕斯是最早发现并意识到美洲左翼革命以及这一革命开始将矛头对准自己的人之一，他的此类言论甚至涉及古巴革命后的政治现实、南美军人政权的独裁统治、各种形式游击组织的活动、东欧社会主义在全球范围内的境况以及对美国所倡导的极端物质主义和实用主义外交政策精准批判。他发表于1985年的《国家制度党，其临终时分》一文，对该党在奇瓦瓦州操纵选举的舞弊行为进行了揭露，这一勇敢的举动使墨西哥大众的民主意识被进一步唤醒。

在这里我必须说到他的不朽之作，当然也是人类的不朽之作《孤独的迷宫》，因为它的存在我们才能在任何一个时候，瞬间进入墨西哥的灵魂。《孤独的迷宫》是墨西哥民族的心灵史、精神史和社会史，它不是一般意义上的墨西哥民族心理和文化现象的罗列展示，而是打开了一个古老民族的孤独面具，将这一复杂精神现象的内在结构和本质呈现给了我们。

在一次演讲中帕斯这样告诉听众："作家就是要说那些说不出的话，没说过的话，没人愿意或者没人能说的话。因此所有伟大的文学作品并非电力高压线，而是道德、审美和批评的高压线。它的作用在于破坏和创造。文学作品与可怖的人类现实和解的强大能力并不低于文学的颠覆力。伟大的文学是仁慈的，使一切伤口愈合，疗治所有精神上的苦痛，在情绪最低落的时刻照样对生活说'是'。"

我要说，伟大的奥克塔维奥·帕斯是这样说的，同样他也是这样做的。他用波澜壮阔的一生和无所畏惧的独立精神，为人类做出了巨大的贡献，并为我们所有的后来者树立了光辉的典范。

从胡安·鲁尔福到奥克塔维奥·帕斯，这是属于墨西哥，同样也属于全人类的必须被共同敬畏和记忆的精神遗产。它们是一种现实，是一种象征，更重要的是它们还是一种创造，也正因为这种充满了梦幻的创造，在太阳之国的墨西哥谷地，每天升起的太阳才照亮了生命和死亡的面具。而胡安·鲁尔福和奥克塔维奥·帕斯灵魂的影子，也将在那里年复一年地飘浮，永远不会从人类的视线中消失。

2017年10月30日

词语的盐·光所构筑的另一个人类的殿堂

——诗歌语言的透明与微暗

与日常的语言相比较，毫无疑问，诗歌的语言属于另一种语言的范畴。当然需要声明的是，我并不是说日常的语言与诗歌的语言存在着泾渭分明的不同，而是指诗歌的语言具有某种抽象性、象征性、暗示性以及模糊性。诗歌的语言是通过一个一个的词构成的，从某种意义而言，诗歌语言所构成的多维度的语言世界，就如同那些古老的石头建筑，它们是用一块一块的石头构建而成的，这些石头每一块似乎都有着特殊的记忆，哪怕就是有一天这个建筑倒塌了，那些散落在地上的石头，当你用手抚摸它们的时候，你也会发现它们会给你一种强烈的暗示，那就是它们仍然在用一种特殊的密码和方式告诉你它们生命中的一切。很多时候如果把一首诗拆散，其实它的每一个词就像一块石头。

在我们古老的彝族典籍和史诗中，诗歌的语言就如同一条隐秘的河流。当然，这条河流从一开始就有着一个伟大的源头。它是所有民族哺育精神的最纯洁的乳汁，也可以说它是这个世界上一切具有创造力的生物的肚脐。无一例外，诗歌是这个世界上生活在不同地域的族群的最古老的艺术形式之一。

在古代史诗的吟唱过程中，吟唱者往往具有双重的身份，他们既是现实生活中的智者，又是人类社会与天地界联系的通灵人。也可以说自人类有语言以来，诗歌就成为我们赞颂祖先、歌唱自然、哭诉亡灵、抚慰生命、倾诉爱情的一种特殊方式。如果从世界诗歌史的角度来看，口头的诗歌一定要比人类有文字以来的诗歌历史久远得多。在今天一些非常边远的地方，那些没有原生文字的民族，他们口头诗歌的传统仍然还在延续。最为可贵的是他们的诗歌语言也是对日常生活用语的精炼和提升。我们彝族古老的谚语就把诗歌称为“语言中的盐巴”，直到今天在婚丧嫁娶集会的场所，能即兴吟诵诗歌的人们还会进行一问一答的博弈对唱。

而从有文字以来留存下来的人类诗歌文本来看，在任何一个民族文字书写的诗歌中，语言都是构建诗歌最重要的要素和神奇的材料，也可以说在任何一个民族的文字创作中，诗歌都是最精华的那个部分。难怪在许多民族和国度都有这样的比喻：“诗歌是人类艺术皇冠上最亮的明珠。”而诗歌语言所富有的创造力和神秘性就越发显得珍贵和重要。诗歌通过语言创造了一个属于自己的世界，而这个世界的丰富性、象征性、抽象性、多义性、复杂性都是语言带来的，也就是说语言通过诗人，或者说诗人通过语言给我们所有的倾听者、阅读者提供了无限的可能。

正因为语言在诗歌中的特殊作用，它就像魔术师手中的一个道具，可能在一个瞬间变成一只会飞的鸽子，同样，它还会在另一个不同的时空里变成鱼缸中一条红色的鱼。在任何一个语言世界中，我以为只有诗人通过诗的语言才能给我们创造一个完全不同的世界，甚至在不同的诗人之间，他们各自通过语言所创造的世界也将是完全不同的。这就像伟大的作曲家勋伯格的无调音乐，它是即兴的、感性的、直觉的、毫无规律的，但它又是整体的和不可分割的。

很多时候诗歌也是这样，特别是当诗人把不同的词置放在不同的地方，这个词就将会在不同的语境中呈现出新的无法预知的意义。为什么说有一部分诗歌在阅读时会产生障碍，有的作品甚至是世界诗歌史上具有经典意义的作品，比如伟大的德语诗人策兰，比如伟大的西班牙语诗人塞萨尔·巴列霍，比如伟大的俄语诗人赫列勃尼科夫，等等，他们的诗歌通过语言都构建了一个需要破译的密码系统，他们很多时候还在自己的写作中即兴创造一些只有他们才知道的词。许多诗人都认为从本质意义上来讲，诗歌的确是无法翻译的，而我们翻译的仅仅是一首诗所要告诉我们的最基本的需要传达的内容。

诗歌的语言或者说诗歌中的词语，它们就像黑色的夜空中闪烁的星光，就像大海的深处漂浮不定的鲸的影子，当然它们很多时候更像光滑坚硬的卵石，更像雨后晶莹透明的水珠，这就是我们阅读诗歌时，每一首诗歌都会用不同的声音和节奏告诉我们的原因。对于每一位真正的诗人来讲，一生都将与语言和词语捉迷藏，这样的游戏当然有赢家，也会有输家，当胜利属于诗人的时候，也就是一首好诗诞生的时候。

语言和词语在诗歌中有时候是清晰的，同样很多时候它们又是模糊的。语言和词语的神秘性，不是今天在我们的文本中才有的。在原始人类的童年期，我们的祭司面对永恒的群山和太阳吟诵赞词的时候，那些通过火焰和光明抵达天地间的声音，就释放着一种足以让人肃穆的力量。毫无疑问，这种力量包含的神秘性就是今天也很难让我们破译。

在我的故乡四川大凉山彝族心腹地带，我们的原始宗教掌握者毕摩，他们诵读的任何一段经文，都可以说是百分之百的最好的诗歌。这些诗歌由大量的排比句构成，而每一句都具有神灵附体的力量。作为诗歌的语言此刻已经成为现实与虚无的媒介，而语言和词语在它的吟诵中也成为这个世界不可分割的部分。我以为这个世界最伟大的诗篇都是清晰的、模糊的、透明的、复杂的、具象的、形而上的、一目了然的、不可解的、先念的、超现实的、伸手可及的、飘忽不定的等等一切的总和。

2018年9月17日

诗歌的责任并非仅仅是自我的发现

——在2018年“塔德乌什·米钦斯基表现主义凤凰奖”颁奖仪式上的致答辞

非常高兴能获得本年度的“塔德乌什·米钦斯基表现主义凤凰奖”，毫无疑问，这是我又一次获得来自我在精神上最为亲近的国度的褒奖。我必须在这里说，对这份褒奖，我的感激之情是难以用语言来表达的。我这样说并不是怀疑语言的功能和作用，而是有的感情用语言无法在很短的时间内极为准确地表达出来，如果真的要去表达它必须用更长的篇幅，但我相信在此时此刻，我对波兰的亲近和感激之情，在座的诸位是完全能理解的。

我现在还清楚地记得在一篇文章中看到，20世纪波兰最伟大的诗人之一切斯瓦夫·米沃什在雅盖隆大学做过一次题为“以波兰诗歌对抗世界”的演讲，他在这次演讲中表达了这样一种思想，就是波兰作家永远不可能逃避对他人以及“对前人和后代的责任感”。这或许就是多少年以来，我对波兰文学极敬重的原因之一。

如果我们放眼20世纪以来的世界文学，东中欧作家和诗人给我们带来的精神冲击和震撼，从某种意义而言，要完全超过其他区域的文学。当然，俄罗斯白银时代的文学是另外一个特例。从道德和精神的角度来看，近一百年来，一批天才的波兰作家和诗人始终置身于一个足以让我们仰望的高度，他们背负着沉重而隐形的十字架，一直站在风暴和雷电交汇的最高处，其精神和肉体都经受了难以想象的磨难。熟悉波兰历史的人都不难理解，为什么波兰诗歌中那些含着眼泪微笑的反讽，能让那些纯粹为修辞而修辞的诗歌汗颜。

不用怀疑，如果诗歌仅仅是一种对自我的发现，那诗歌就不可能真正承担起对“他人”和更广义的人类命运的关注。诚然，在这里我并没有否认诗歌发现自我的重要。这个奖是用波兰表现主义的领军人物之一，也是超现实主义的先驱塔德乌什·米钦斯基的名字命名的，作为一位富有创新精神的思想者，塔德乌什·米钦斯基也十分强调创作者必须在精神和道德领域为我们树立光辉的榜样。

当下的世界和人类在精神方面所出现的问题，已经让许多关注人类前景的人充满了忧虑。精神的堕落和以物质以及技术逻辑为支配原则的现实状况，无论在东方还是在西方都成为被追捧的时尚和标准，看样子这种状况还会持续下去。

以往社会发展史的经验已经告诉我们，并不是人类在物质上的每一次进步，都会带来精神和思想上的上升。这一个多世纪以来，人类又拥有了原子能、计算机、纳米、超材料、机器人、基因工程、克隆技术、云计算、互联网、数字货币，但是，同样就在今天，在此时此刻，叙利亚儿童在炮火和废墟上的哭声，并没有让屠杀者放下手中的武器。今天的人类手中，仍然掌握着足以毁灭所有的生物几千遍的武器。

在这样一个时代，作为有责任感和良知的诗人，如果我们不把捍卫人类创造美好生活的权利当成义务和责任，那对美好的诗歌而言将是一种可耻的行为。

2018年9月18日

序《彝族史诗〈勒俄特依〉译注及语言学研究》

彝族是一个诗的民族，也是世界上留存创世史诗最多的民族之一。当彝族学者胡素华希望我为她的《彝族史诗〈勒俄特依〉译注及语言学研究》写序时，我欣然应允。从这部书的书名就完全可以看出，这不是一般意义上的对一首伟大的彝语古典诗歌的重复翻译。此前《勒俄特依》已有多个译本问世，这些译本在翻译上均显示出了译者们的功力，特别是如何在另一种语言中尽可能做到完美而准确地呈现，客观地讲，那些译本在很多方面都为后来者做出了榜样。但不同的是，我们眼前的这部书却是第一次从语言学的角度，对长诗在词语构成、诗歌韵律以及更为隐秘的内在节奏方面进行了考证和释义，尤其是立足科学的语法分析，让我们能清晰地看到这首经典史诗在语言构成上所发生的演变与接续。我们还能从史诗的语言学特征中看到，诗歌中那些独特的节律、音调、形式以及无与伦比的音乐性。作为一个诗人，我深知语言本身对诗歌的重要性，因为每一种语言的内部结构与肌理，从某种意义上而言，内核就是这种语言的灵魂和精神组织。难怪许多伟大的诗人都得出过这样的结论：诗歌语言所赋予听觉能感知的那些神秘的转折和音调，是翻译中永远或者说根本不可能传递的部分。也正因为此，揭示诗歌语言中词语的变化就成了一切语言学最困难的地带。当然，我在这里所指的这个部分，并不是诗学中人们常常说到的隐喻，而是诗歌中的“声音”和“节奏”。这种“声音”和“节奏”要通过翻译在另外一种语言中几乎是无法重建的，就是译者试图重建，那也将是在另一种语言中对其“声音”和“节奏”的模拟，但这绝不是原来意义上的那个“声音”和“节奏”。也许，正是这样一个最基本的缘由，我才认为这部书的价值是巨大的，甚至我相信随着时间的推移，其价值还会越发显现出来。这部书是一个综合体，除了其本身已经涉及的史诗学、神话学、民族学和人类文化学之外，最重要的是它通过对语言本身的破译和释义，为我们打开了一条通往这部史诗最深处的隐秘的道路。需要说明的是，特别是通过仔细地阅读作者为我们提供的文本，我们会发现这条隐秘的道路并非坦途，每走一步都是解读者在为我们打开密码和机关，这些密码和机关都隐藏在“词语”和“节律”的背后。另外，我还认为，对诗歌语言构成和诗学语言学的研究，其实也能为现代诗人的写作提供启发和创造的灵感，尤其在诗歌语言的革命方面，诗人常常会从母语脐带般的密码中获得一种近乎神授的能力，从而在自己的诗歌中创造更新的语言和形式。在人类的诗歌发展史上，这样的例子举不胜举。这方面最著名的就是20世纪初的俄罗斯未来主义运动，以马雅可夫斯基和赫列勃尼科夫为代表的先锋诗人，就掀起过一场声势浩大的诗歌语言革命，也因为哲学家、语言学家罗曼·雅各布森、什克洛夫斯基的参与，以及后来布拉格学派不遗余力的积极推动，这场肇始于俄国的诗歌语言革命，无可辩驳地对20世纪的语言学发展方向产生了决定性的影响，这种影响直到今天还在被延续和讨论。我之所以要这样讲，既是想表达我对这部书所含价值的肯定，同样，我还认为这部书对我们今天还在写作的彝族诗人，也具有一种特殊的阅读意义，因为我们能通过这样一种过去从未有过的角度和方式，再一次进入到我们民族这部伟大经典母语的根部，而这种全新的感受只能从史诗语言的最核心获得。最后，请允许我用一首诗来结束我的序言：

对我们而言

对我们而言，祖国不仅仅是
天空、河流、森林和父亲般的土地，
它还是我们的语言、文字，被吟诵过
千万遍的史诗。
对我们而言，祖国也不仅仅是
群山、太阳、蜂巢、火塘这样一些名词，
它还是母亲手上的襁褓、节日的盛装、

用口弦传递的秘密、每个男人
都能熟练背诵的家谱。
难怪我的母亲在离开这个世界的时候
对我说："我还有最后一个请求，一定
要把我的骨灰送回我出生的那个地方。"
对我们而言，祖国不仅仅是
一个地理学上的概念，它似乎更像是
一种味觉、一种气息、一种声音、一种
别的地方所不具有的灵魂里的东西。
对于置身于这个世界不同角落的游子，
如果用母语吟唱一支旁人不懂的歌谣，
或许就是回到了另一个看不见的祖国。

2019年1月7日

向人类精神高地上的孤独者致敬

所有动物，当然也包括像人类这样的高级动物，都会在其群体中去寻找气味相近的同类。如果从更高的精神层面来讲，在芸芸众生中总有一些人会成为难得的知音，尤其是那些置身于人类精神高地的孤独者。尽管能真正走进他们心灵世界的人是少而又少，但庆幸的是他们在任何时代都能找到灵魂上的知己，无论时间和岁月是如何变化流逝，他们不朽的精神都不会死亡，因为他们会被同类中新的生命所发现。2008年诺贝尔文学奖得主、法国著名小说家勒·克莱齐奥在诺贝尔文学奖获奖演说中说："我把这份献词送给……送给胡安·鲁尔福和他的《佩德罗·巴拉莫》及其短篇小说集《燃烧的原野》，还有他为墨西哥农村拍摄的纯朴而悲伤的照片。”

在我看来勒·克莱齐奥在精神世界就是胡安·鲁尔福的知音和兄弟。而我对胡安·鲁尔福的热爱由来已久，其时间可以追溯到自己的大学时代。在写这篇短文的时候，我突然又想到了胡安·鲁尔福，想到了孤独、悲伤、苍凉的墨西哥哈利斯科州的乡土世界。是的，无论从世界文学史的角度，还是从更广阔的人类学和民族学领域，胡安·鲁尔福都是一个奇迹，他的作品就如同珍贵的黄金。这些为数极少的经典创造，无疑是现代小说艺术和描写我们这个世界土著生活最完美结合的光辉典范。我时常阅读这位举世罕见的文学巨匠的小说，阅读他所营造的神秘氛围以及诗意的格调。我始终相信只有伟大的神灵才可能赋予他这种可怕的能力。或许正是因此，胡安·鲁尔福是幸运的，在他六十多年的生命岁月中，他曾得到过神灵的真正眷顾，虽然这样的经历为数不多。诚然，他的全部作品篇幅极为有限，但这些作品的分量却超过了那些所谓的鸿篇巨制。让我们学习胡安·鲁尔福吧，他在精神上始终代表着这个世界的极少数。多少年来，他就是我们这些后来者在黑夜中通往未来十字路口的火把。因为胡安·鲁尔福的存在，我们这漫长的旅途才不会孤独。

2019年3月2日

附体的精灵：诗歌中的神秘、隐蔽和燃烧的声音

——在2019年西昌邛海·“丝绸之路”国际诗歌周上的演讲

当我们回到这片土地的时候，我们便会与这片土地上所有神奇的事物融为一体，无论是肉体还是精神我们都会从最初的源头再一次获得神秘的力量。这似乎是一次末端和开始的必然对接。人类精神创造的经验告诉我们，那些基本的定义和规律从未有过改变，尤其是在语言和词语所构筑的世界中，当创造者在舌尖与笔端将语言和文字燃烧成宝石的时候，这一过程中使我们惊叹和震撼的其实并不是我们所能看见的宝石本身，而是我们无法捕捉的那种光一般幽暗的隐秘，当然也包括宝石所闪现出的难以定义的隐喻。在我们生活的这片群山中，所谓神秘主义并非我

们的一种发现。数千年来我们的祖先一直相信万物有灵，我们的毕摩一直是联系天和地的使者，同样他们也承担着人鬼之间的沟通和联系。在他们的身上始终留存着一种能力，那就是能够超越肉体，与另一个精神世界进行对话。毫无疑问，这一能力是一般人所不具备的，即使在21世纪，人类已经步入更现代的社会生活，他们仍然顽强地在我们彝人的现实世界里存在着。我们还能看到他们在为死去的魂灵超度，还能听到他们用浑厚悠远的声音诵读经文，也能遇到他们在做法事的现场插下神枝——这些神枝对应着天象的图案。在今天这个急速变化着的现实面前，虽然我们置身于多种文化的交织中，现代的生活方式正在被更多的人所接受，但是那种来自意识深处的观念和信仰却如影随形。多少年来，作为诗人，我一直在思考一个问题，就是就其本质而言，诗歌能给我们提供的那些更多未知的东西是什么？每当我听到毕摩在诵读经文的时候，特别是当他进入一种特殊的状态时，他的语言和词语就在瞬间如同飘浮的火焰。这种语言和词语传达给我们的不仅仅是内容，更多的是一种神秘的召唤。这种召唤要高于语言和词语，当然它始终还是语言和词语的一个部分。就我的理解和感受而言，我必须相信一切伟大的创造，其实都需要来自一种所谓超越理性的强大的原动力。在这一点上，伟大的西班牙诗人加西亚·洛尔迦印证了我的看法。他始终认为，通过有生命的媒介和联系传达诗的信息，最能发挥诗歌中“杜恩德”（duende）的作用，如果直接翻译成中文就是“灵性的力量”。同样，伟大的俄罗斯女诗人玛琳娜·茨维塔耶娃在其文章《现代俄罗斯的史诗与抒情诗——弗拉基米尔·马雅可夫斯基与鲍里斯·帕斯捷尔纳克》中这样说道：“马雅可夫斯基是会被穷尽的，不能被穷尽的是他的力量，他用这力量使事物穷尽，那准备就绪的力量，就像土地每一次都卷土重来，每一次都一劳永逸。……帕斯捷尔纳克的行动相当于梦的行动，我们不理解他，我们陷入他之中，落到他的下面，进入他的里面，对于帕斯捷尔纳克，我们理解他的时候，也即是抛开他、抛开了意义进行理解。”英国诗人特德·休斯也一直认为巫师和诗人有许多共同的地方，那就是他们都强调个体所具有的先知意识，在他们的身上均被赋予了通神的能力，而这种能力往往是常人所不具备的，巫师的特殊身份和诗人的特殊身份都是被那种神秘的力量选择的。特德·休斯曾这样评价他的前辈诗人、伟大的爱尔兰人叶芝:“爱尔兰民族精神和超自然的力量充满了叶芝的内心，爱尔兰神话、民间传说充满了他的诗歌。他披上了神秘主义的精神护甲，在很短的时间里，建立起了自己壮观的人生目标：重建爱尔兰的能量，挑战英雄祖先、失落的神，以及爱尔兰屈服的灵魂。”这一切都充分说明，通过语言和词语所进行的创造，其内在的神秘的原动力一直围绕着我们，而语言和词语所延伸出的一切未知和空白，从来就是诗歌最富有魅力、最耐人寻味的部分，也因此，我才将这次诗歌圆桌会议的主题确定为——附体的精灵：诗歌中的神秘、隐蔽和燃烧的声音。

2019年6月1日

从开始到临界

——序奥尔达尼[1]诗集《中国：肿胀的海》

当我们阅读奥尔达尼诗歌的时候，我们似乎早已穿越了意大利伟大的传统和悠久的文化，好像又一次透过蓝色的空气，看见了那些古老的大理石上纯粹的宁静，我们还能从他用词语构筑的多维度的空间中，嗅闻到如同阳光投射到植物上所弥漫的气味。这种特殊的语言能力，我们能从许多伟大的拉丁语族诗人身上看到，当然，我们更能从贾科莫·莱奥帕尔迪、埃乌杰尼奥·蒙塔莱精妙的诗歌中发现这种传承的影

---

① 奥尔达尼：1947 年出生于意大利米兰，是“终极（临界）现实主义”诗歌运动的创始人，也是目前意大利诗歌界最蜚声国际的诗人之一。

响。不过我更想强调的是，意大利诗歌中那种经久不息的创新精神，在20世纪中叶之后更是方兴未艾，直到今天他们的诗人都在给我们的世界提供惊叹和奇迹。作为当下欧洲诗坛最具有影响力的诗人之一，奥尔达尼不仅是意大利“终极（临界）现实主义”诗歌运动的开创者，同时也是一位在诗歌艺术上进行试验创新并取得重要成就的杰出诗人。毫无疑问，在今天的意大利他的一些诗歌已经被经典化。作为诗人，在这样一个被消费主义主导的社会现实面前，最重要的是他除了用诗歌捍卫人类精神的价值和作用外，还身体力行在意大利北部不断推动让诗歌进入公众和社会领域。从这个意义而言，他也是一个将自己的诗歌理想付诸行动的诗人。

奥尔达尼的诗歌完全摒弃了简单的抒情，他以最大的节制、客观冷静的呈现、不动声色的描述、充满哲思的反讽为我们提供了一幅多变的人类精神图画。透过这些独具匠心的诗歌，我们能感受到其空间感和时间感都具有无限的张力，每一个词语都如同语言中的“镭”，它所包含的隐喻和象征，让每一首诗都富有无穷的魅力。毋庸置疑，奥尔达尼是一个真正的人道主义者，在他的诗歌中充满了对人类的悲悯和同情。最为可贵的是，这种悲悯和同情永远隐含在他词语的背后，不是让你一眼就能看到，而是让你在感受中被深深地感动。奥尔达尼是一个时刻在观望这个世界的诗人，他一直试图用他的诗歌为人类的灵魂迈向明天寻找一个方向。中国诗人李叔同说过这样一句话：念念不忘,必有回响。我相信，诗人奥尔达尼的努力绝不会劳而无功。

2019年6月13日

为代尔祖尔哭泣

——序索娜·范[1]：《沙漠歌剧》

为代尔祖尔哭泣，为代尔祖尔沙漠下的骸骨哭泣，为风哭泣，为黑暗的黎明哭泣，为宇宙闪现的微光哭泣，告诉我这是谁在哭泣？因为这哭泣还在哭，从未停止！为乳房哭泣，为子宫哭泣，为活着的和死去的婴儿哭泣，为只有送别而没有重逢哭泣，为女人绝望的沉默哭泣，告诉我这是谁在哭泣？因为这哭泣还在哭，从未停止！为遗忘哭泣，为褪色的罪恶哭泣，为编织的谎言哭泣，为人类的不幸哭泣，为所有的生命哭泣，告诉我这是谁在哭泣？因为

① 索娜·范：当代亚美尼亚著名诗人，已出版诗集七种，曾获得了亚美尼亚总统颁发的“文学女性”文学奖和“莫夫谢斯·霍列纳齐”奖章。2017年，她被欧盟授予荷马诗歌奖章。她还是波兰国际金文泰奖的获得者。

这哭泣还在哭，从未停止！这位用诗歌哭泣的人，这位见证者，就是亚美尼亚忠诚的女儿索娜·范。

对于索娜·范而言，代尔祖尔沙漠是一个象征，一个隐喻，一个穿越了时间的伤口，也正因为此，这位杰出的诗人才在21世纪的今天，把一段不堪回首的亚美尼亚民族记忆用纯粹的诗歌呈现给了这个世界和我们。阅读这些忧伤的诗歌，我们会从每一个词语的入口潜入更幽深的地方，能在不知不觉中体会到生命的疼痛，当我们真切地感受这种疼痛，会在瞬间发现这种疼痛超越了个体的生命经验，成为人类精神情感中能共同感知的一个部分，还不因为这些诗歌在文本意义上的贡献，就是这些诗歌中关于生和死的哲理性思考，以及对人性中最黑暗部分的质疑和叩问，也足以给我们活在当下的人极大的震撼。在这样的诗歌面前，那些没有灵魂和生命质感的诗歌，永远不能算是真正的诗歌，也正因为有了索娜·范这样的诗人，我们才对诗歌充满了信心。当然，也对人类美好的未来充满了期许。

2019年6月13日

诗歌中未知的力量：传统与前沿的又一次对接

——在第六届青海湖国际诗歌节上的主题演讲

传统可能是一种更隐秘的历史，而诗歌的传统是什么呢？如果从精神的传承而言，它就如同一条河流，已经穿过了数千年的时间，或许说它是一个神话的开始，也可以说，它是我们的祭司在舌尖上最初的词语。无论这个源头是多么的遥远，但当我们屏息静听的时候，它空阔浩渺的声音依然能被我们听见。这个能被我们感知的真实告诉我们，传统是不会死亡的。

传统一直活在我们的语言中，它是一种特殊的记忆，甚至超过人类在土地上留下的痕迹。在这个世界上没有一种力量能比语言的力量更强大。那些无数次迁徙的部落和族群，我们可能已经无法找到他们数万年前的历史，但从语言这条幽深的河流里，我们仍然能感知词语的密码给我们传递的信息。当土地上的遗产和埋在地下的尸骨都变成了灰尘，你背负的行囊再不是第一个行囊；由于路途的遥远，也可能是岁月的漫长，真实的记忆变成了传说，你再不可能用任何一种实证的方式，明确地告诉我们你生命的源头在哪里；而在这样的时候唯有灵性的语言，才能用更隐秘的方式暗示我们你生命的故乡在哪里。从远古到现在，人类从本质上而言，都在经受着两种特殊的远游，一种是肉体的远游，另一种当然就是精神的远游。所有人类的历史都告诉我们，这两种远游从来就没有停止过。不过我需要声明的是，我所说的肉体的远游并非一种线性的时间概念，而我所说的精神的远游，似乎更接近于一种绝对意义上的远游，它是形而上的，甚至是更为观念性的一种存在。也正因为此，我只相信语言中隐藏的一切，它给我们提供的不完全是能诠释的某种神秘的符号，而更像是被火焰穿越时间的彼岸所照亮的永恒的隐喻。

传统是一种意识的方式，如果用更清晰的哲学语言来表达，它就是人类世界不同的思维方式，而这一切都不仅仅只体现在某个族群的观念形态里，就是在现实世俗的生活中，它也会显现在集体无意识的日常经验里。很多时候我们的生活方式，或许在发生着不知不觉的变化，也可能被某种强大的力量所改变，但那种基因般的顽强的思维方式还会伴随着我们，让我们看见别人看不见的星空，让我们说出不为他人所理解的神授的赞词，也因为这种无处不在的力量的庇护，我们才能在群山上迎接每一个属于自己的黎明。诚然，这种意识的传统已经成为整个人类精神的某个部分，而我必须承认这个部分是属于我们的。我无法告诉你什么是诗的更形而上的传统，但我想当我们一旦真的握住诗歌伟大传统的时候，就必将在一种新的创造中成为前沿。

我们经常思考所谓的现代性，而诗歌的真正前沿是什么呢？如果我们把自己置身的这个时代，看成是一个从未有过的现实，那我们就必须去见证这个时代，因为任何当下只能属于生活在当下的诗人，固然古希腊的荷马给我们留下了经典的史诗，而天才的唐朝诗人们更是创造了一个诗的黄金时代，但是任何一个伟大的活在时间深处的诗人，其肉体都不可能又一次得到复活。诚然，他们的诗歌已经成为不朽，或许这就是命运的选择，今天的诗歌还必须由我们来完成。有一位并非哲人的人说过这样的话：在半个世纪前，人类的生活并没有发生过真正意义上的质的变化，但这五十年，人类的历史却经历了数千年来最剧烈的嬗变，难道我们不应该用诗的方式来记录这样一种惊心动魄的变化吗？如果说诗歌从来就没有离开过人类的灵魂，我不相信这种人类从未有过的境遇，就没有给我们的诗歌提供另一种无限的可能。我认为诗歌的前沿在今天并非一种虚拟的想象，它就在我们的面前，只是时间已经在今天让我们感受到了它的速度，我认为诗歌的前沿绝不是一种时间的概念，而是这一时间中我们所能看见的活生生的现实。

我们必须创造我们诗歌的形式，同样，我们也要创造我们诗歌的语言。如果没有形式的创新，如果没有语言的创新，我们就不可能真正理解，什么是诗歌中未知的力量，也就不可能真正抵达那个“诗歌构筑的前沿”。在很多时候，诗歌的形式变化和词语的玄妙都具有某种神秘主义的色彩，这也是诗歌不同于别的艺术形式最珍贵的东西。诗歌通过形式和语言魔幻般地告诉我们的一切，不仅具有象征和隐喻的意义，更重要的是，它呈现给我们的并不完全是内容本身。它是黑暗中的微光，同样也是光明和黄金折射的黑暗。它不是哲学，因为它把思辨的座椅放在了飞鸟的翅膀之上，那只飞鸟一直翱翔于未知的领域；它不是数学，但它把抽象的眼睛植入了宇宙的天体，当我们瞩望它的时候，它只是一些我们永远无法统计的数字。诗歌并没有前沿，要寻找它的前沿，我们只有一个办法，那就是将它与自己的传统再一次进行对接。

正因为我始终相信，诗歌中存在着未知的力量，我才如此地迷恋它给我们带来的这些奇迹。

2019年6月26日

诗歌是现实与梦境的另一种折射

——答法国诗人菲利普·唐思林[①]

菲利普·唐思林：您是否感觉写诗是一种比其他（比如小说、散文随笔、日记等）方式更自由的表达方式？

吉狄马加：选择任何一种所谓自由的表达方式，我想都是因人而异的，很多时候也是因你所要表达的内容而决定的，这在许多写作者的身上都发生过，有的题材适合用小说去表达，有的适合用散文随笔去书写，有的却更适合于写成诗歌。当然，这完全是由你

① 菲利普·唐思林：法国著名诗人、文化学者、哲学博士，巴黎大学名誉教授。因其高品质的诗歌作品被法国文化部授予文学与艺术骑士勋章。唐思林已出版了各类作品三十三部。1990 年荣获国际戏剧奖，2008 年荣获保加利亚 Radicevic 诗歌奖。

所想要写的内容而确定的方式来选择的，比如说帕斯捷尔纳克并没有把《日瓦戈医生》写成一部长篇叙事诗，而是写成了一部真正意义上的小说。虽然这部小说充满了诗意，有人评价它是“诗人的小说”，但是不管怎样，它毕竟还是一部具备所有小说元素的作品。这种情况同样发生在布莱希特等诗人的身上，他们的许多作品都是用戏剧和小说的形式来完成的，而并非用诗歌写成的。不过我理解你问这个问题的另一层意思，实际上你是想问我为什么要选择诗歌这种方式来回答我对这个世界的疑问，实际上说到底你是想问我为什么要成为一个诗人。这怎么说呢，我只能告诉你，这种选择并非一种偶然。如果撇开那种先天性就带来的东西——有人把这种东西称为禀赋——我认为，宿命让人成为诗人的可能性往往比那种偶然以及禀赋的可能性要更大。在这里我说的宿命，当然不是一种可笑的迷信。我以为诗人之所以能成为诗人，那是因为他选择了诗歌，因为诗歌将从此成为他的另一种生命，而同样诗歌也选择了他，因为这个选择，如果他是一个真正的诗人，那么这个人的身上将有诗歌的精灵附体并终其一生。

菲利普·唐思林：您希望时间能记住您的诗歌里面的什么？（您觉得您的诗歌在历史上能留下什么痕迹？）

吉狄马加：哲学上的时间是吹过的风，它没有开始，也没有未来，而我们写出的诗歌，就宛如一片树叶、一粒沙子、一抹晨晖，或者说更像一束转瞬而逝的光。但是请相信，在人的精神世界中，诗歌就如同穹顶上的月牙，天幕上永远不会消失的星星。我只希望我的诗歌最终能被人记住的，是那些呈现在人性中的最美好的东西，那些被诗化过的大自然中永恒的宁静，而这一切，都是通过语言和词语的神奇创造而获得的。如果我要问你，作为诗人的荷马给我们留下的痕迹是什么呢？当然你会回答，是他的史诗《伊利亚特》和《奥德赛》。这没有错，这或许就是时间的洗礼和选择，而我要回答你的是，我只希望我的诗歌能在时间的长河中留下碎片的一丝反光，但是这一切并不决定于我。唉，这只有天知道。

菲利普·唐思林：大的无限和小的无限，就像阳光和深邃的黑暗，诗歌是不是您在人间道路上的平衡点，和天意不可分离？

吉狄马加：无论是面对浩瀚的苍穹，还是面对深邃的内心，诗歌从一个词开始，其实就已经进入了光明和黑暗所构成的无限。在诗歌中，是时间固化了短暂的黑暗和光明，同样也是时间，让黑暗和光明成为液态的海洋。伟大的德语诗人荷尔德林让我们相信，诗歌绝不是世俗的产物，而永远是万物群山之上的精神之光。我不能说，也不敢说诗歌是我人间道路上的平衡点，因为，这可能是一种冒昧，甚至是对诗歌的一种不敬。对于我而言，诗歌永远站在最高的地方，以超越现实的英姿给我注入强大的力量。如果这种力量就是你所说的天意，那我可以告诉你，一个诗人一旦失去了这种力量的来源，他就不可能再写出神奇的诗句。

菲利普·唐思林：依您的看法，存在的荒诞，是因为我们丧失了我们现代生活的意义，或者是因为我们不理解我们与大自然的关系的深刻意义吗？

吉狄马加：如果离开了生命本身的延续性，以及这种延续性本身的价值和作用，那么生命存在的意义，当然是具有荒诞性的。我以为生命的意义从来都是我们所赋予的，无论是过去的生活、现在的生活乃至于将来的生活。远的不用说，在20世纪人类就经历了两次世界大战，而在此后区域性的战争和冲突从来没有停止过，恐怖主义、宗教战争以及种族屠杀也并未杜绝，甚至在一段时间里甚嚣尘上。什么是人类存在的意义，有许多思想家和哲人都给出过不同的结论，但有一点是共同的，那就是对存在所产生意义的根本质疑。人类永远不能离开业已形成的经过检验的道德和伦理规范，当然更不能违反我们与自然形成的和谐关系，否则，人类的未来必然会陷入危险的境地，而人类也可能会在错误的选择中迷途难返。重新确立我们的精神和道德法则，让人类回到真正能赋予生命更有意义的价值重构中，真正结束我们与自然的对立关系，或许人类的未来才可能是美好的。

菲利普·唐思林：诗歌，主要是您的诗歌，是不是在尝试与事物保持一种不确定性？

吉狄马加：诗歌当然不是对事物的直接反映，这种不确定性是任何时候都存在的。诗歌与事物的关系不是镜子留下的影像，而是这个影像在诗人眼睛里的另一种折射。诗人与事物之间的不确定性，是由他的主观性所确定的。诗人对世界的感知具有某种先验性，正是因为这种先验性的存在，诗人给我们提供的东西才是独有的甚至是唯一的。诗歌不复制现实，只感知和呈现自己的现实。当诗歌和事物一旦没有了距离，或者说诗歌与事物完全重合在了一起，那么诗歌本身就已经到了死亡的边缘。

菲利普·唐思林： 山在您的诗歌中常常出现，您咏叹山峦……您是否觉得您被山超越、压倒，还是您在诗歌中使山变得更高？

吉狄马加： 你知道我出身于一个山地民族，因此我诗歌中常常会出现群山的意象。我歌颂和敬畏群山是因为山是我诗歌中的一个精神符号，同样群山也是我生命和灵魂的一个强大的背景，是它护佑着我，我的灵魂和身体才能获得真正的平静与安宁。我与群山的关系不是你想象的超越和压倒的关系，同样我也没有这样的愿望让它变得更高。我更多的是渴望得到它威力无边的保护，因为在我们彝人的精神世界中，那里就是诸神居住的神界。如果你有机会能聆听到我们的祭司毕摩呼唤山神的诵词，你就会知道群山在我们的生命和精神中意味着什么，它神圣的地位是不言而喻的。

菲利普·唐思林：我们能体会到在您的诗文中对死的突出描写。死并不是事物的终点，而是它自在系统中生命的延续，就像生存中的神秘和美在经过死亡时相互升华。诗歌是否是这一神秘的信使？

吉狄马加：所有伟大的诗人都会写到生，当然也会写到死。死亡在彝人的宗教生活中，不是一个简单的过程，而是一个庄严的仪式。正因为有死亡的存在，我们才可能去思考生命的意义。彝人认为死亡是另一次生命的开始，而人有三魂，一魂会留在火葬地，一魂与灵牌在一起让后人供奉，还有一魂将被送到祖先居住的地方。在彝人的传统诗歌中，对死亡有着最精辟的论述，也可以说因为对死亡有着最透彻的理解，许多彝人还在中年的时候，就为自己准备死亡时所穿戴的丧服。诗歌当然是神秘的信使，它报告了生命的诞生和爱情，每一首真正的诗歌都是一个生命的最辉煌的临盆。它同样也传递着死亡的消息，因此在我们的诗歌中，对死亡的回忆才会成为生命中永恒的命题。

菲利普·唐思林：“传递”一词经常出现在您的诗歌里，对您来说，诗歌是这种传递的有力手段吗？诗歌能保护它所传递的东西的秘密吗？

吉狄马加：你说“传递”这个词经常出现在我的诗歌里，说明你的阅读是细微的。我想告诉你的是，诗歌本身就是由“传递”构成的，主观与客观的传递、形式与语言的传递、词语与词语的传递、已知与未知的传递、深色与浅色的传递、光明与黑暗的传递，在诗歌中“传递”并非仅仅是一种手段，它是我面对创造必须接纳而又要深入其中的电流。诗歌的意义可以一层一层地剥开，就像我们在剥开一个玉米。诗歌的“传递”不仅仅是内容和表层的意义，它还会传递隐喻、象征诸如此类的更隐秘的东西。“传递”对我来说是双重的，更是多重的。事实告诉我们，诗歌在很多时候，保护了它所需要传递的秘密。

菲利普·唐思林：我发现您在长诗写作中，总是在精神和肉体、肉体和精神之间反复徘徊，形成一种真正的不可分割的循环。诗歌是否是外界的证人或是这一行动的主角？

吉狄马加：徘徊穿行在理想和现实、精神与肉体之间，作为诗人这并不是我一个人的行为，但我的作品的确反映了这样一种状况，因为从根本上来说，我的心灵就置身于这样一种冲突。每一个诗人都不是抽象的人，他的全部写作与他实际的现实生活是密不可分的，除了他们在精神和文化背景上的差异，另外所承担的责任和使命也是不一样的（有的诗人不会这样看）。但是有一点是肯定的，就是诗人的写作无论怎样都不可能离开对精神和肉体的抗拒或者和解，因为肉体一旦被赋予了灵性，它就是一种精神，否则肉体就失去了其存在的特殊价值。当然从这个意义上来讲，精神与肉体的博弈是循环往复的，除非有一天这个生命结束，这一切才算有了了结。我不能说诗歌是外界的证人或者这一行动的主角，但我要说的是诗歌自始至终就是一个参与者，没有它，就不可能有我们用语言进行的这一有关精神和肉体的创造。

菲利普·唐思林：您写到“我只是在梦中才能看到自己”，诗歌是不是这个让您看到的梦境或是这一幻觉让您做的梦？

吉狄马加：现实中的自己和梦境中的自己当然是不一样的，梦境中的自己可能才是最真实的自己，而现实中的自己并非真正的自己。毫无疑问，我是通过诗歌这条隐秘的通道找到了另一个自己，我不以为这仅仅是一种幻觉，因为现实和梦境总是在调换着它们的方位。一个诗人如果有一天不能再从梦中看到自己，那么他身上所具有的灵性和天才的禀赋就将远离他而去，而作为一个诗人，他的使命和所具备的法力也就宣告结束了。

菲利普·唐思林：如果现实通过梦境实现，诗歌书写它的深层意义而使之成为历史，您不觉得诗歌是在撰写历史吗？

吉狄马加：如果你说现实是通过梦境来实现的，完全是基于诗歌本身的创造特质所决定的。这个判断或许是可以成立的，但是我想更准确的表述应该是，诗歌是通过对现实这面破碎的镜子多维度的折射来实现的，它不是现实本身，而是被主观性重新铸造的一种精神。诗歌的写作当然是在书写它所需要揭示的事物真相的深层意义，也可以说是对现实意义所做的最深入的描述，它也必然会成为一种历史。但诗歌所撰写的历史要比现实的历史更深刻更具有哲学性，因为它撰写的永远不是世俗生活的历史，而是一部人类世界的心灵史。

2019年9月7日

诗歌：不仅是对爱的吟诵，也是反对一切暴力的武器

——在中捷文化交流70周年暨捷克独立日“中捷文学圆桌会议”上的主题演讲

正值中华人民共和国成立70周年、中捷文化交流70周年暨捷克独立日之际，非常高兴能以一个中国诗人的身份，来参加今天这个具有特殊意义的“中捷文学圆桌会议”。在此首先要向今天莅临这个圆桌会议的诸位朋友，致以最美好的祝愿。

我曾经两次访问过捷克，一次是2016年春天，应捷克维区出版社的邀请，出席我的捷文版诗集《火焰与词语》在布拉格的首发和朗诵活动。这本诗集是由捷克汉学家李素和诗人泰博特合作翻译的。当然此

前，我已经有一本诗集《时间》在捷克出版，那是一本从英文转译的诗集。2018年秋天，我又有幸应邀参加了第二十八届“布拉格作家节”，与瑞典诗人恩瓦迪凯、伊朗诗人伊斯梅尔普尔（他也是我诗集波斯文版的译者）等共同参与了由布拉格作家节主办者迈克尔·马奇主持的主题为“活着的邪恶”的圆桌对话，并回答了听众的提问。这两次对捷克，特别是对布拉格这座闻名遐迩的城市的访问，的确给我留下极为深刻和美好的印象。

在这里我想告诉大家的是，我了解并向往布拉格当然是在更早的时候。德国哲学家弗里德里希·威廉·尼采说：“当我想以一个词来表达音乐时，我找到了维也纳，而当我想以一个词来表达神秘时，我只想到了布拉格。”德国诗人约翰·沃尔夫冈·冯·歌德还说过：“在那许许多多城市像宝石般镶成的王冠上，布拉格是其中最珍贵的一颗。”但是布拉格对于我的感召力或许还要更多。对于一个热爱古典建筑的人，布拉格无疑是一座建筑的博物馆。它拥有这个世界上为数众多的、不同历史时期的、不同风格的建筑，特别是巴洛克风格和哥特式建筑，可以说占据着欧洲建筑史上无法被撼动的最重要的位置。作为一个音乐爱好者，这里诞生了我热爱并直到今天还令我着迷的作曲家安东尼·德沃夏克、贝德里赫·斯美塔那和莱奥什·雅纳切克。德沃夏克的《致新大陆》曾给我带来无穷的想象，并从此相信音乐能在另外一个空间复活一个民族的灵魂；斯美塔那的交响诗《我的祖国》让我从音乐中看见了被旋律和音符所命名的一切不朽的事物，都将永远存活在时间的深处；雅纳切克的狂想曲《塔拉斯·布尔巴》以及《小交响曲》，给我带来的启示和震撼要远远超过一部概念化的哲学著作，因为它让我明白了动人心魄的旋律，很多时候都是从母语和民歌中提炼出来的，也因为这个可以上升到道德层面的认知，我对这个世界上所有弱小民族使用的语言都充满了深情和敬畏。作为一个歌德所说的那样一种“世界文学”的赞同者，特别是在歌德逝世一百多年之后的今天，我们虽然看到在不同的文化之间，抹平差异性的进程还在以加速度的方式进行着，但对多元文化存在的认同和保护，却被更多的人认识到其重要性。文化的多样性与人文主义的传统仍然是“世界文学”这个概念的基石，就是在今天面对当代现实中的复杂性和社会变革，我们所说的“民族文学”实际上已经与“世界文学”深度地融合或者说叠加在了一起。这是一个普遍主义的概念，它会让我们在全球化的背景下重新去理解并定义歌德所说的“世界文学”。在这一点上捷克就是一个示例。现代派文学的鼻祖，划时代的表现主义作家弗兰兹·卡夫卡一辈子就生活在布拉格，可以说早已是这座城市的一个文化符号。不用从更早的时候说起，就是20世纪以来，捷克就涌现出了一大批杰出的作家。他们既提升了捷克文学在欧洲的高度，同时也让世界感受到了捷克文学的伟大存在。我们熟知的就有雅洛斯拉夫·哈谢克、弗拉迪斯拉夫·万楚拉、卡·恰佩克、瓦茨拉夫·哈维尔、米兰·昆德拉、伊凡·克里玛，另外，还有我最钟情的赫拉巴尔，也因为我对他心怀由衷的热爱和尊敬，我在访问时间很紧张的状态下，还专门驱车去了他在布拉格郊区用于隐居写作的森林小屋和如同他生前生活一样朴素的墓地。这块墓地是赫拉巴尔生前就为自己选好的，在这里，可以看见来自世界不同国家的崇拜者摆放的许多千里迢迢带来的玩具猫。他们都知道猫是赫拉巴尔的朋友，在他活着的时候他就在森林小屋喂养了许多他最亲近的猫。作为对语言学、结构语言学、语言人类学、符号学有着特殊兴趣的探秘者，布拉格对我的吸引力更是无可比拟的，因为在这里天才的罗曼·雅各布森创立了布拉格学派。毋庸置疑，他是真正的结构主义思潮和运动的先驱，是他首先将结构主义语言学与诗学批评联系在了一起，揭开了隐喻与转喻在诗歌中的神秘作用。这一开创性的研究和发现，让后来所有诗歌作为自在的词，在语言中的探险和实验都成为能被阐释的可能。雅各布森就曾经从诗歌语言和词语的创新上，对俄罗斯未来主义诗人赫列勃尼科夫的诗歌从语言和修辞的角度进行了深度的解析。作为诗人，我对捷克诗歌的热情是超乎寻常的。还在大学时期，我就阅读过捷克新时代诗歌奠基人卡雷尔·希内克·马哈的长诗《五月》。他的作品以爱情为主题，不仅仅抒发了一个民族渴望复兴的愿望，更重要的是他从人性出发，将个体的情感提升到了人类道德的精神高度。如果姑且从当代中国诗歌史对诗人写作时段的划分来说，我属于20世纪80年代开始成名的诗人，也就是说在我的诗歌写作过程中，外来诗歌对我的影响是一个重要的方面，这其中就包括现当代捷克诗人的作品。维杰斯拉夫·奈兹瓦尔，这位超现实主义大师，不仅影响了无数的捷克诗人，其消除禁欲主义和理性主义的诗歌主张，还给后期超现实主义注入了一些新的观念。雅罗斯拉夫·塞弗尔特，一生都在赞颂美的诗人，他的诗句“天堂也许只是/我们久久期待的一个笑颜/轻轻呼唤着我们名字的芳唇两片/然后那短暂的片刻令人眩晕/令人忘却了/地狱的存在”，阅读后给我带来的感动，就是现在回想起来，仍然有最初诵读时的那种心颤的感觉。在捷克访问时，我们去他的故乡瞻仰他的墓地。匆忙赶到他安息的墓园时已经是傍晚，墓园的管理者刚要锁上沉重的铁门。我下车后第一个向他疾呼："塞弗尔特！塞弗尔特！”我不懂捷克语，但我想这位管理员完全听懂了我的意思。他迅速打开了门，把我们一行远道而来的人带到了塞弗尔特的墓地。弗拉迪米尔·霍朗，这位离群索居，一直居住在布拉格康巴岛上的隐士诗人，他精粹的短诗充满了玄妙的哲理和隐喻，其诗歌中的神秘感笼罩着生与死、存在与虚无的冥想，他的诗句“哦，是的/我爱生活/因此我才经常歌唱死亡/没有死亡/生活就会冷酷/有了它/生活才可以想象/也因此才那么荒唐……”告诉了我什么是生命的意义，当然也包括它隐含的荒唐。诗人米罗斯拉夫·霍卢布，我以为他在诗歌上的成就要远远高于他在医学领域的成就。因为精神的创造从更广阔的时间而言，不朽性和延伸性都是无可限量的。他的著名诗篇《加利列·伽利略》中有这样的诗句:“我/加利列·伽利略/置身在米内维纳教堂/只穿一件衬衣/靠一双细腿/承受着世界的压力/我/加利列·伽利略/低声/低声地说/为了孩子们/为了搬运工/为了太阳——/我低声地/终于说……/地球/确实/在转动。”是他让我懂得了诗歌在当下一旦失去了思想和勇于承担人类苦难的责任，也将会失去它更重要的价值。我在捷克访问时，专门向好友泰博特索要了一个光盘，里面储存有现当代捷克重要诗人朗诵的诗歌。在这些年繁忙喧嚣的日子里，我总会抽时间去聆听奈兹瓦尔、弗·哈拉斯、霍朗、塞弗尔特等人的声音。他们的诗歌和声音始终陪伴着我，给我的心灵和精神所带来的抚慰、感动与激励，是他人永远无法真正能体会得到的。从这个角度而言，任何一个已经逝去的伟大诗人，他都不会真的被死亡带走。

捷克民族是一个达观幽默的民族，虽然在历史上曾多次被周边的强权国家所侵扰，但依然坚强。作为中欧一个具有深厚文化传统的国家，它的特殊性远远超出了其地缘的概念。被世人所知晓的波希米亚的精神历史，经过了饱经沧桑的沉淀，实际上已经成为今天捷克精神文化传统的一个重要组成部分。从捷克现当代诗人的丰厚创作中，我们能看到他们用诗歌为自己也为他们身边的生活，构建了一个用词语来对抗暴力的世界。他们从对人的爱和对这个世界一切美好事物的赞颂出发，以惊人的内在忍耐力，去面对他们曾经经历过的那些最悲惨的日子。就是在被纳粹严酷统治的时期，他们的诗歌也没有失去反讽的力量。对生命、个性和人的尊严的彰显，也从未在捷克诗人的写作中失去传承。在许多具有悲悯情怀的诗歌中，我们能真切地感受到诗歌在维护人类道德和崇高理想上所应承担的使命。研究和观察近现代的捷克历史你会发现，诗歌一直和它的人民站在一起，它的每一个词都如同闪亮的金属般的子弹，以其坚硬的真理的力量，洞穿了现实中的谎言和虚伪。20世纪30年代开始登上捷克诗坛的诗人群体，他们中间一些杰出的天才代表，以其独特的富有个性的诗性表达，让我们真实地看到了半个多世纪以来，诗歌在为人类争取幸福生活、见证时代历史以及恢复道德尊严等方面所发挥的巨大作用。历史的经验和今天的现实告诉我们，诗歌永远不仅仅是对爱的吟诵，也是反对一切暴力的最宝贵的武器。

2019年9月26日

总有人会看到甜蜜的自由的丰收

——在波兰大使馆举行的诗人大流士·莱比奥达波兰文版《亘古的火焰——吉狄马加的生平与创作》首发式及齐格蒙特·克拉辛斯基[①]奖章颁发仪式上的致辞

我以为在这个世界上，万事万物总是被某种神奇的力量联系在一起的。如果说这种联系并非一种偶然，那你一定相信它就是人们所说的缘分。从这个意义上而言，我与波兰的缘分可谓深厚。作为一个山地民族的诗人，一个用中国文字写作的诗人，应该说诗歌传统对我的影响是来自多方面的，在这里我要告诉

---

① 齐格蒙特·克拉辛斯基：波兰伟大的浪漫主义诗人，被誉为波兰三大“先知诗人”之一。在他逝世160周年之际，依照波兰文学界的倡议，特决定建立齐格蒙特·克拉辛斯基奖章。该奖章主要颁发给为波兰文化做出贡献的人士，以及在海外推广波兰文化或为世界文化做出杰出贡献的人士。

大家的是，波兰诗歌就曾经在精神上给予过我丰厚的滋养，更重要的是它让我坚信在任何时候都不能忘记对人的价值和权利的尊重。特别是在这样一个全球化的过程中，是简单地适应标准化或者说越来越快的趋同化，还是在彼此的相互联系中，让差异性也能在这个世界上获得存在，似乎是人类今天所面临的一对矛盾。尽管这样我仍然相信德国诗人歌德生前所描述的“世界文学”这样一个概念，因为今天的事实就是一个最好的证明：一位杰出的波兰诗人为一个和他的文化背景以及精神谱系显然有许多不同的中国诗人写了这样一本书，并且在波兰这个具有深厚诗歌传统的国度得以出版。这个结果本身就告诉了我们一个真理：人类间深度的文化交流，其历史主义意识和普遍意义仍然被这个地球上的大多数人所认同。更令我高兴和感动的是，在伟大的波兰浪漫主义诗人齐格蒙特·克拉辛斯基逝世160周年之际，你们将以他光辉名字命名的奖章颁发给我。这当然是我最大的荣幸，因为我们知道齐格蒙特·克拉辛斯基与亚当·密茨凯维奇、尤利乌什·斯沃瓦茨基被誉为波兰三大民族诗人，他的经典作品不仅深刻地影响了后世波兰诗人的创作，作为波兰诗歌语言的最高成就，毫无疑问也已经成为波兰民族最珍贵精神遗产的组成部分。据我所知，直到今天他仍然被热爱波兰诗歌的人们所尊崇和迷恋。他曾写过这样的诗句：“我渴望光明，但还在黑暗中尝守夜的滋味，不过，当然，总有人会看到甜蜜的自由的丰收……”朋友们，请相信！只要我们勇于打破这个世界上的一切壁垒和人为的障碍，我们就会看见这个世界上到处都会有齐格蒙特·克拉辛斯基所梦寐以求的美好景象。

2019年10月7日

诗歌本身的意义、传播以及其内在的隐秘性

——在第三届泸州国际诗歌节诗歌论坛上的演讲

诗人切斯瓦夫·米沃什曾在1990年写过一篇《反对不能理解的诗歌》的文章，在其中表达了他对诗歌如何能被理解以及得到应有传播的关注。他认为诗歌和每一件艺术品一样，都被视为是一种神圣的创造，但是对那些“不能理解的诗歌”的所谓形式和语言试验，特别是对诗歌愈是不能理解，就愈好的观点却不予苟同，因为它使诗人与读者形成了无法沟通的隔绝。

另外，有关诗歌在语言和形式上进行的所谓“最纯粹”的探险却也从未有过停止。后期象征主义、超现实主义、未来主义以及现代主义诗歌诸流派对诗歌

神秘性、隐喻性、象征性以及由词语本身所构建的在意义上的多种可能进行实验，这些探险和实验实际上已经告诉我们，从接受美学的角度来看，诗人个体所完成的一首诗，最终会被无数个他者来共同参与完成。这一现象并非今天才存在，早在20世纪20年代俄罗斯未来主义诗歌的主将之一赫列勃尼科夫，就通过对语言和词语的重新熔铸，甚至通过创造新的词语及其形成的节奏和声音，将诗歌语言本身的意义与所谓被创造的意义加入到新的形式中。可以说他给读者提供了两套语言系统，一套是所谓的公共语言符号，另一套就是诗人传递给我们的语言密码。

也因此20世纪最伟大的语言学家之一，布拉格学派的创始人雅各布森就根据他的诗歌，将语言学与诗歌之间的生成对比放在一起研究，从而在理论上深刻地解析了诗歌语言的独特性和复杂性，并对“诗歌是自在的词”从学理上进行了富有说服力的阐释，揭示了“诗歌语言之所以成为诗歌语言”的内在本质特征。毫无疑问，因为雅各布森在这一领域的开创性发现，使他成为真正意义上的形式主义诗学理论最重要的奠基人。

从诗歌创作的实践本身而言，任何一个伟大的诗人其实都永远徘徊在对其诗歌内容的直接呈现与所谓语言和形式的不断创造中，这两者的关系始终是相辅相成的。切斯瓦夫·米沃什强调并反对在诗歌中使用大量的艺术隐喻，对那些所谓的“纯诗”始终持怀疑的态度。

我以为从诗歌价值本身的选择来看，我是赞成他的主张的，因为我们应该从我们自身的创作实践中去力争化解“诗歌不可避免地就一定会晦涩和难懂”这样一种误识。同样，我们也要反对那样一种对形式和语言的创新持保守的观点，因为很多时候，诗人的创造都不完全是与他的读者在进行直接的沟通，而是通过主观所创造的客观对应物来完成的。在形式和语言上的创造，还会给接受者提供再创造的无限的可能。这也许正是诗歌语言不同于别的语言最重要的地方。真正伟大的诗人，必须在这两者之间找到最合适的方式和平衡点，他就如同一个在高空中走平衡木的人，只有保持了应有的平衡，才有可能永远立于不败之地。

20世纪拉丁美洲诗歌的雄狮巴勃罗·聂鲁达就曾经用一段最朴素、最简明的语言说明了这一切。他这样智慧地告诉我们:“如果一首诗，能被所有的人看懂，肯定不会是一首好诗;同样，如果一首诗，不能被所有的人看懂，它同样不会是一首好诗。”

有关诗歌本身的意义、传播以及其内在的隐秘性这样一个话题，还会长久地被持续议论下去。或许这正是诗歌具有永恒的魅力之所在。也因为诗歌将与人类共存，我们在其内容、形式和语言上的创新也永远不会停止。

2019年10月7日

辑三

手绘插画

吉狄马加　绘

遥远的荞麦地

[illegible]

作画

2012.12.27

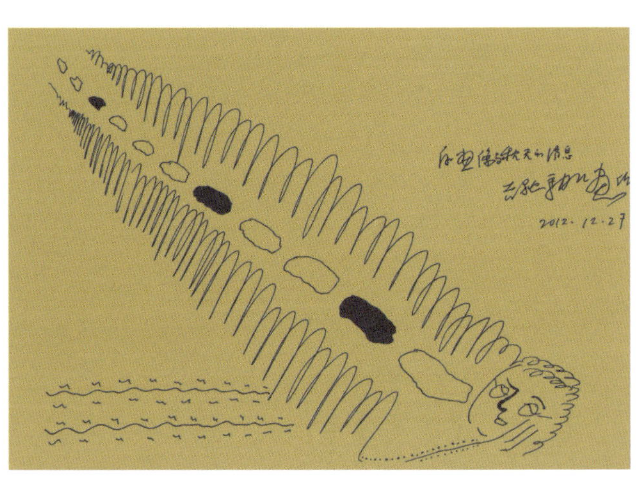
2012.12.27

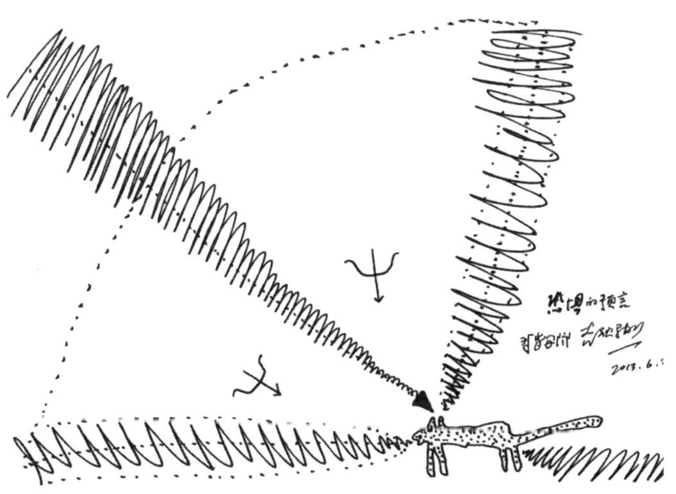
恐惧的预言
2013.6.

吉勒布络的树 [illegible] 画作 2012.12.28

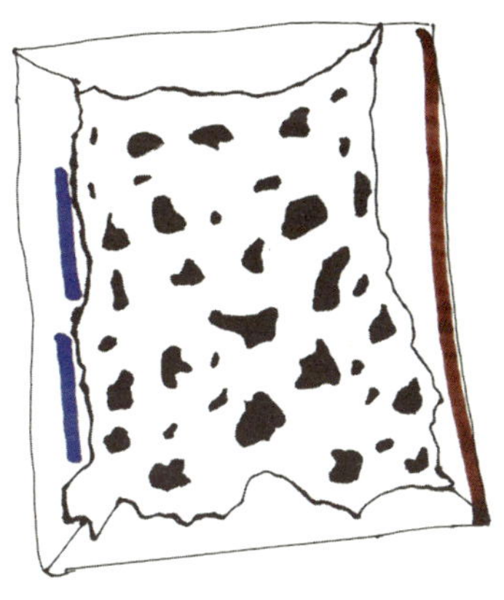

牛皮上記憶的殘片 JDMj 2017.2.15

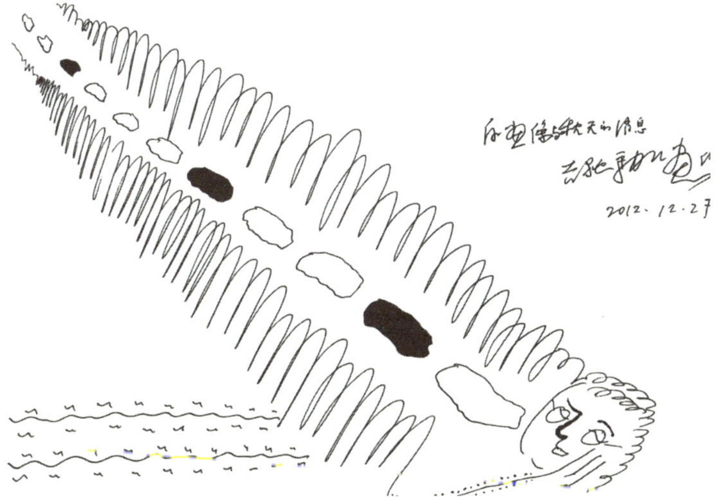

2012.12.27

反差的小路

2013. 6. 27

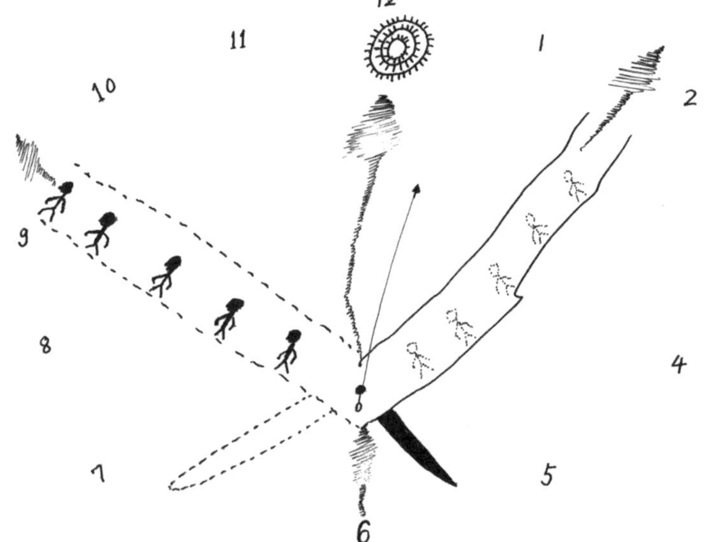

亡灵的语言
吉狄马加
2013.8.2

神话之鹰

记忆中的光落
2013.6.26

出征的勇士
2013.6.2

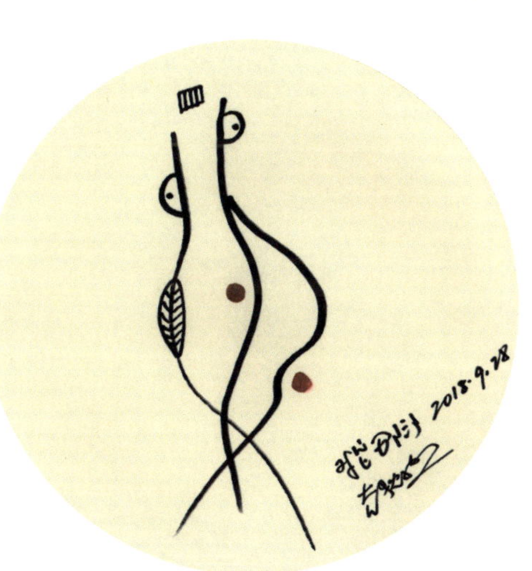
2018.9.28

附魂的草人 2017. 2. 15 JDMj

The last fire
最后的火
2013-8-5

神靈的力量 2017.2.15 JDMJ

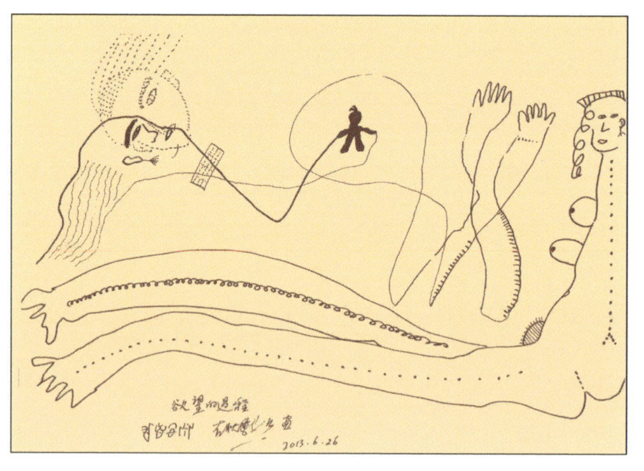
欲望的過程
2013.6.26

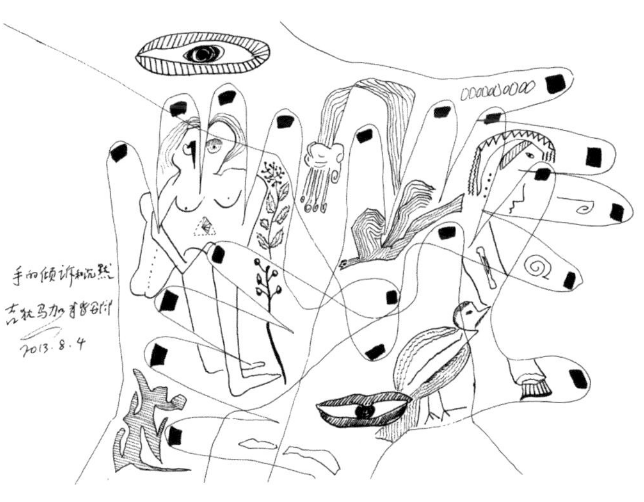
手的倾诉和沉默
吉狄马加
2013.8.4

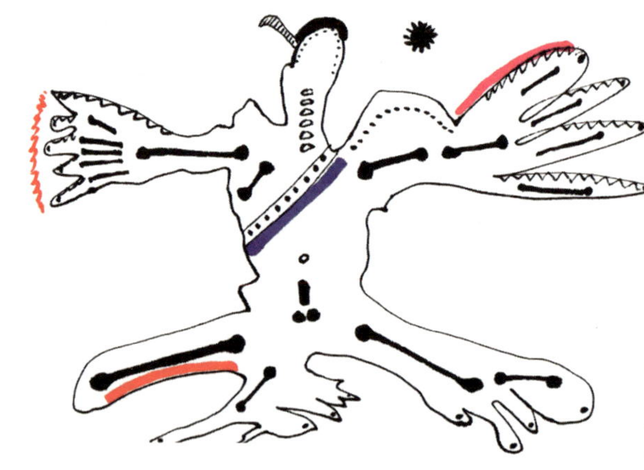

神鹰之子　2017.2.15 JDMj 野谷田川

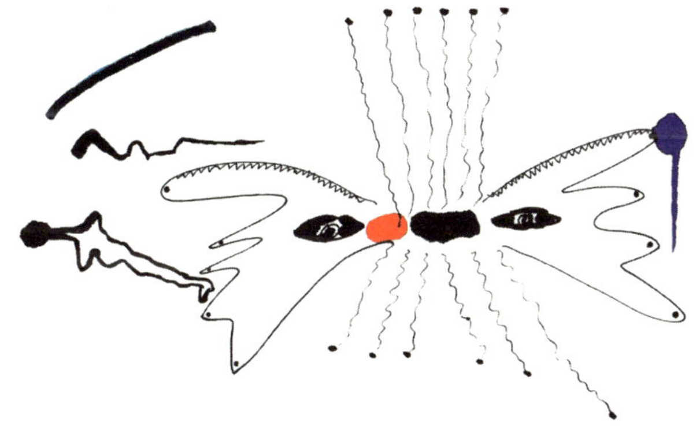

无题之二 2017.2.15 JDMj

萬物的狂欢 2017.2.15 JDMj

2012.12.27

生命的释放
2013.8.3

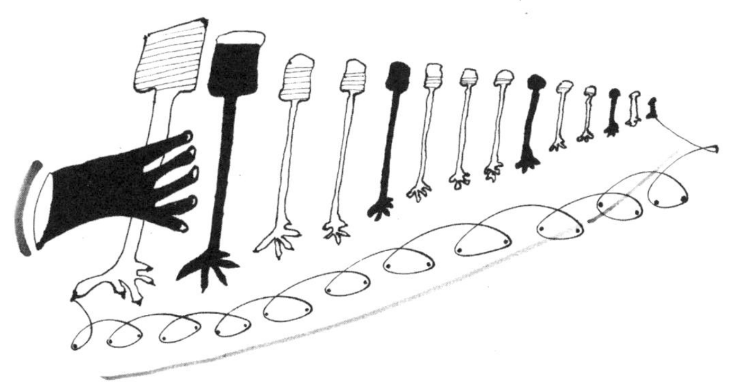

列队的鹰爪杖　　2017.2.15 JDMj 可能回归

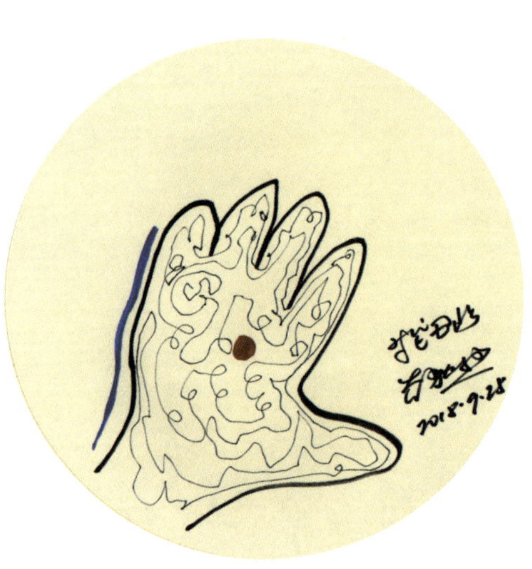
2018.9.28

爱 Love
2013. 8. 4

馬語者　2017.2.15 JDMJ

2012.12.25

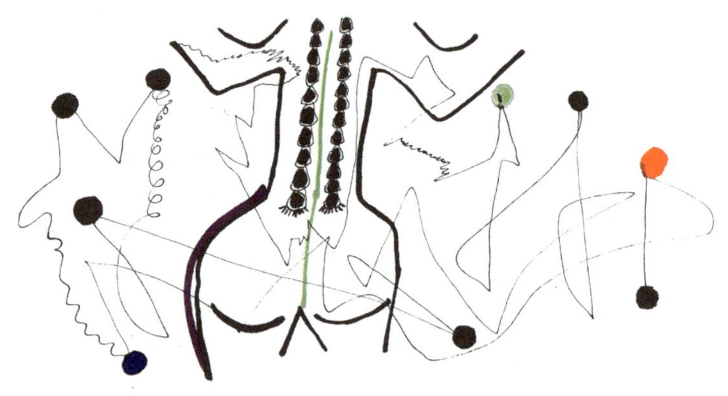

黑色的辫子　2017. 2. 25 JDMj 野谷田州

2012.12.26

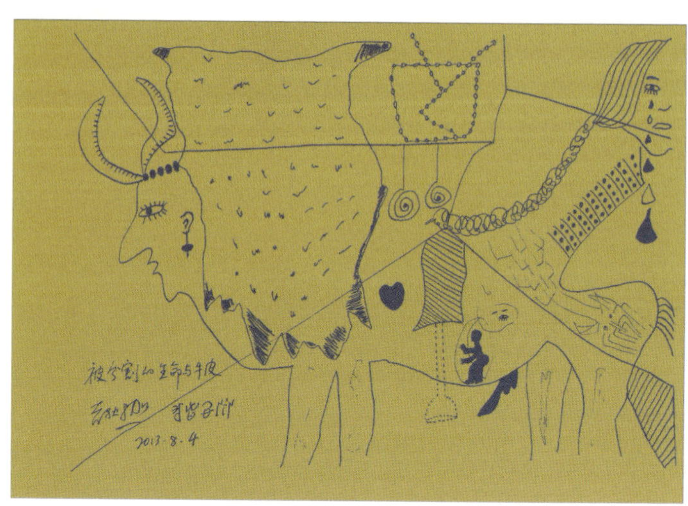
被宰割的生命与牛皮
2013.8.4

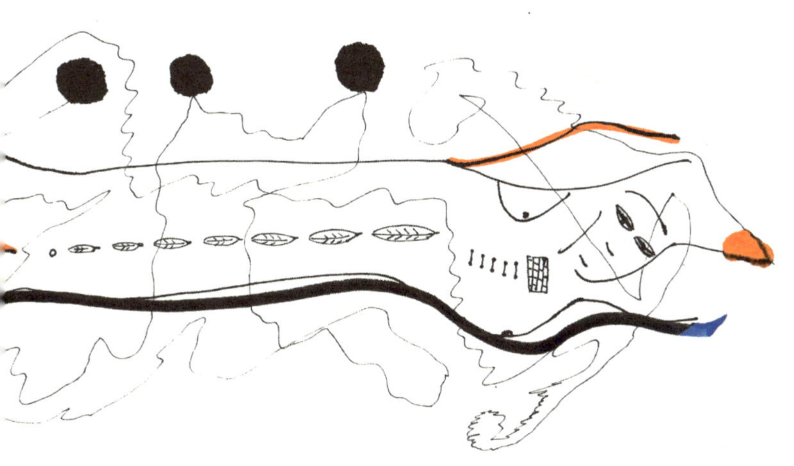

呷玛阿妞　　2017.2.15 JDMJ

妈妈和姐妹们　2017.2.16　JDMj

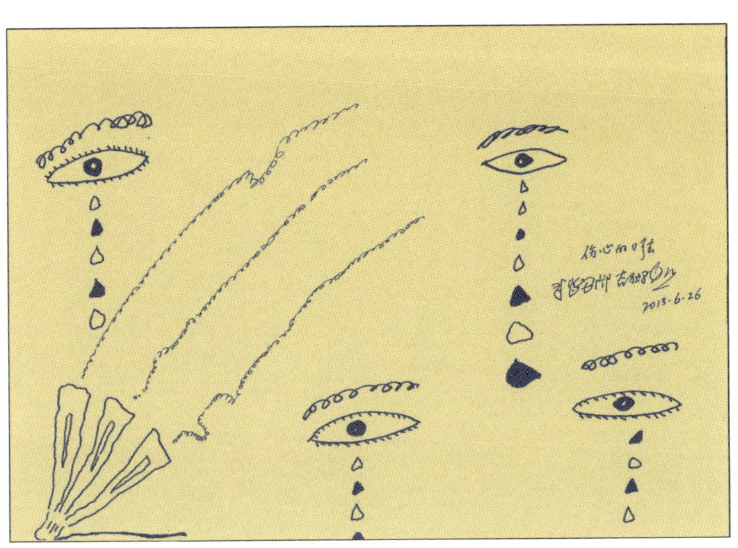
2013.6.26

母性的大地

2012.

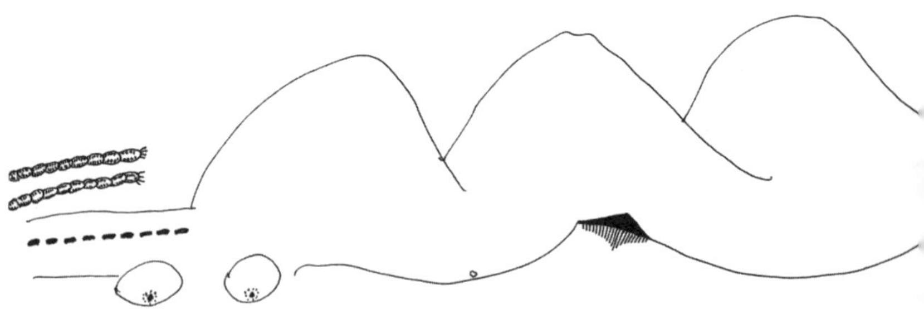

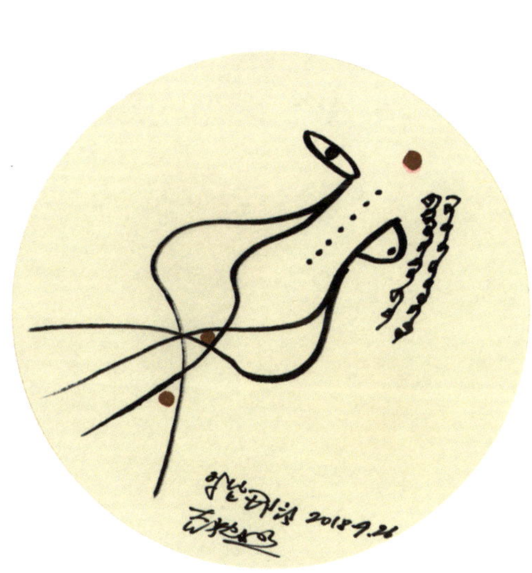
2018.9.26

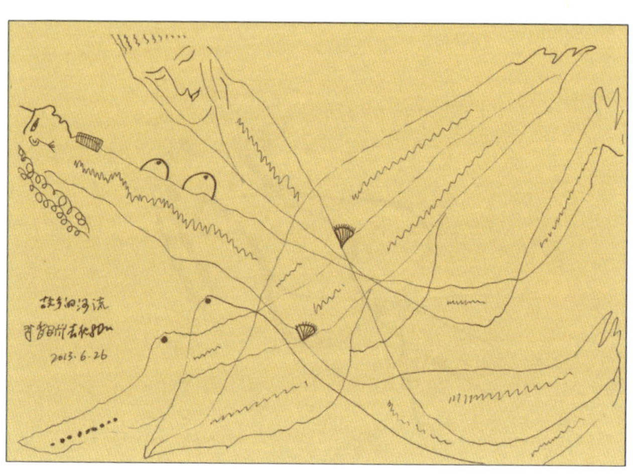
故乡的河流
2013.6.26

影像中的人生
2013.6.27

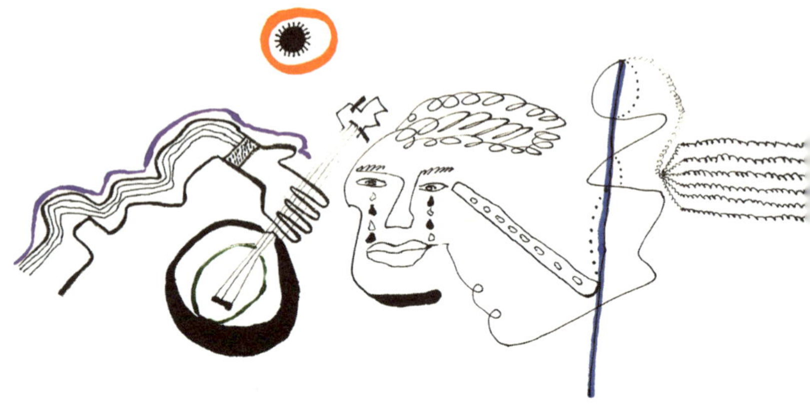

月琴与笛子　　2017.2.15　JDMj

白色的鸽子
2013. 8. 5

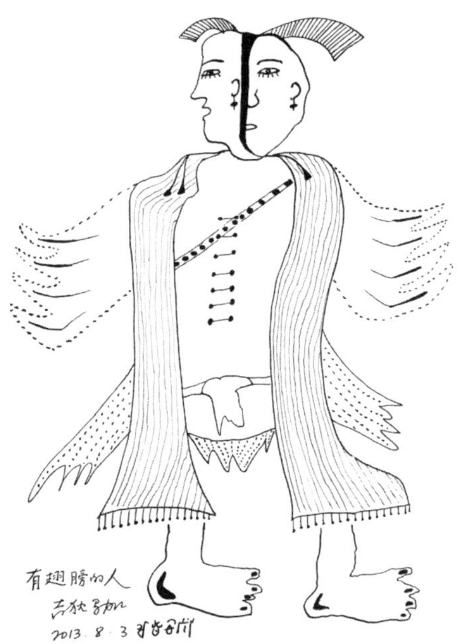
有翅膀的人
吉狄马加
2013.8.3

动物的异化
2013. 8. 3

2013. 7.31

不死的三魂　2017.2.15　JDMj [illegible]

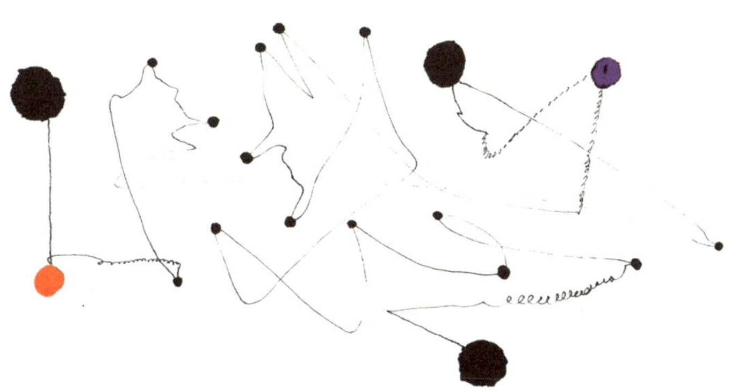

北斗七星的預言　2017.2.15　JDMj [illegible]

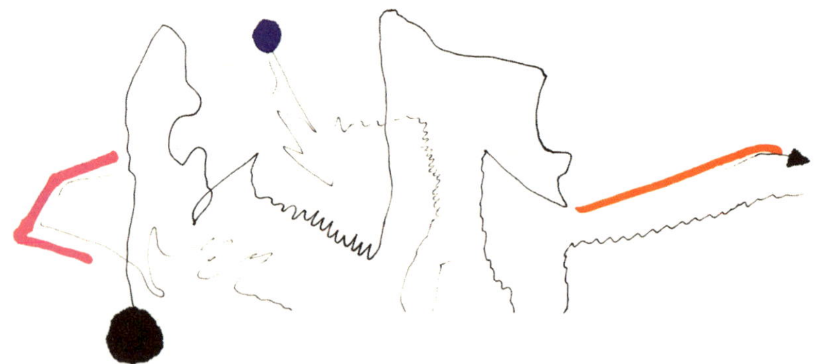

无题之一　2017.2.15　JDMj

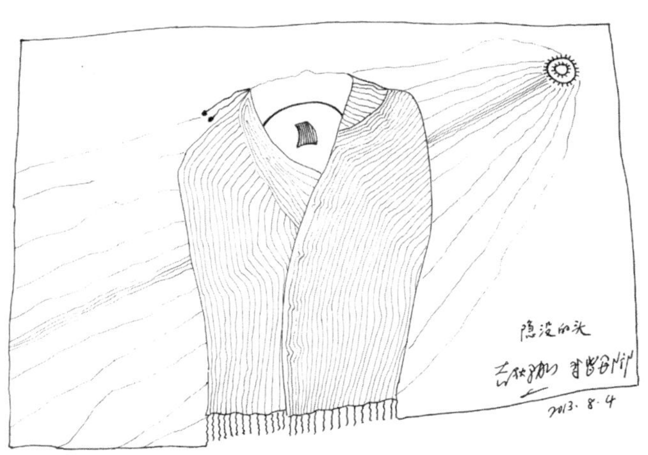
隐没的头
2013. 8. 4

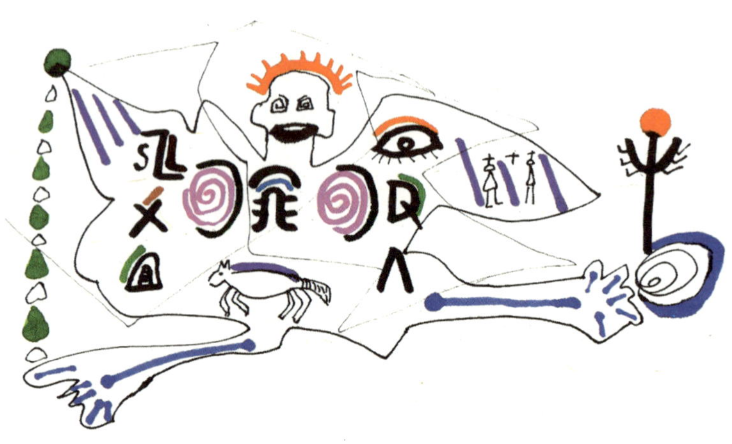

面具的聲音 2017215 JDMj [illegible]

我的父亲　2017.2.15　JDMj

穿彝装的妈妈　2017.2.16　JDMj

穿盛装的勇士 2017.2.15 JDMj

唱史诗的人 2017.2.15 JDMj

背皮盾的人 2017.2.15 JDMj